Als Oma Höntrop mit dem Teufel telefonierte

HELMUT REINKE

Als Oma Höntrop
mit dem Teufel telefonierte

Was einem Mann in 90 Lebensjahren so alles passieren kann

Bibliografische Information der Deutschen Nationalbibliothek:
Die Deutsche Nationalbibliothek verzeichnet diese Publikation
in der Deutschen Nationalbibliografie; detaillierte bibliografische
Daten sind im Internet über https://portal.dnb.de/ abrufbar.

© 2021 Helmut Reinke
Grafik: olgers/peterschreiber.media/shutterstock.com
Satz, Umschlaggestaltung, Herstellung und Verlag:
BoD – Books on Demand, Norderstedt

ISBN: 978-3-7526-0183-1

Inhalt

Das Vorwort

Zum Beispiel: Telefon. Hatten wir nicht. Wollten wir gern. Kriegten wir nicht. Musste man bei der Post beantragen. Und warten, warten, warten.

Irgendwann in den 50er Jahren waren wir endlich dran. Dann kam das hässliche Ding Marke Siemens schwarz. Durfte aber nicht in die Wohnung, musste draußen im Flur stehen. Für alle. Konnte auch jeder mithören, von wegen Datenschutz.

So war das mit dem ersten Telefon.

Zur engen Verwandtschaft gehörte »Oma Höntrop«, schon hoch betagt und nicht mehr frisch im Gehörgang. Enkel Axel wollte »Oma Höntrop« unbedingt sein neues Telefon vorführen. Oma, überhaupt zum ersten Mal im Leben mit einem Telefonhörer am Ohr, war entsetzt bei der fremden Stimme: »Da spricht der Teufel!« Sie hat nie wieder ein Telefon angerührt.

Es gibt die wunderlichen Dinge rund um das erste Mal, und es gibt die Wunder, für die man unendlich dankbar ist.

Ich habe den 90. Geburtstag mit guter Gesundheit geschafft und stelle nach einem ungewöhnlich sonnigen Urlaub im Gebirge fest, dass mir meine Augen großen Kummer machen: Ich kann kaum noch lesen, alles ist grau, der Graue Star schlägt zu.

Ich bekomme relativ schnell einen OP-Termin, und nach zwei Stunden in der Klinik bin ich entlassen – mit Augenklappe rechts. Die darf ich am nächsten Morgen abnehmen.

Ich werde nie wieder den Augenblick vergessen, als ich zum ersten Mal das strahlende Licht des frühen Morgens in meinem Garten sehe: ein wunderbarer Morgen, ich sehe wieder! Eine winzige künstliche Linse macht es möglich.

Und da sind Erinnerungen, die noch nach Jahrzehnten lebendig sind: zum Beispiel der erste Kuss. Meine Frau Ruth und ich hatten uns in der Tanzschule kennengelernt, es war ein nass-kühler Novembertrag im Nachkriegsjahr 1946. Wir warten beim Abschied unter einer Eisenbahnbrücke einen Schauer ab. Wir froren. Wir zitterten. Unsere Nasen begegneten uns. Dann haben wir uns geküsst.

Es war der 7. November, den haben wir gemeinsam sechs Jahrzehnte hinweg jedesmal gefeiert.

Ich wünsche schöne Ersterlebnisse. Es dürfen auch Zweiterlebnisse sein ...

Der erste Kuss

Mit dem Kleid aus der Gardine
in den »siebenten Himmel der Liebe«

»Bleibt's bei heute Abend? Um sechs geht's los. Der Saal soll ein bisschen geheizt sein. Aber es wird uns schon warm werden.«

»Ja, ich bin pünktlich. Ich freu mich.«

»Ich auch. Bis nachher.«

Wir sind zum Tanzen verabredet. Tanzschule in einer alten Gaststätte mit großem Saal im Essener Stadtteil Kray. Keine feine Gegend, aber in der Krupp-Stadt Essen hatten nicht allzu viele Gebäude die Bomben im Zweiten Weltkrieg überlebt, jedes zweite Haus ein Schutthaufen. Wenigstens die meisten Trümmer waren weggeräumt. Für einen Wiederaufbau fehlt Baumaterial, Geld, fehlten Bauarbeiter.

Aber das Leben musste ja weitergehen in diesem schweren, zweiten Nachkriegsjahr 1946. Wir waren jung. Wir wollten leben. Leben! Denn wir waren noch einmal davongekommen, wie der Titel eines optimistischen Theaterstückes jener Tage hieß.

Und wir wollten tanzen.

Dass es dazu kam, daran ist Grete schuld, eine Schulfreundin von Ruth. Die arbeitete als Sekretärin beim Vertriebschef der Chemie-Fabrik Th. Goldschmid, nicht weit entfernt vom Essener Viehofer Platz. Bei diesem, später weltbedeutenden Unternehmen hatte ich im Herbst 1945, nach meiner Freilassung aus der Kriegsgefangenschaft eine Lehrstelle ergattert. Für 40 Reichsmark im Monat. Und saß nun, vis-a-vis von Grete, im Schatten des gestrengen Abteilungsleiters.

Ein dröger Job für einen, der hoch hinauswollte. Journalist werden. Wie die tollen Typen in schmucker Uniform, mit Orden an der Brust, oder in lässigem Trenchcoat, in meinen ersten Lehrlings-Monaten bei der »National-Zeitung« hinterm Essener

Hauptbahnhof, wo ich im Herbst 1944 als 16-Jähriger eine Verlagslehre begonnen hatte. Dann im Winter 44/45 wieder mal ein Großangriff der alliierten (damals sagten wir: feindlichen) Bomberflotte, die Zeitung brannte bis auf die Grundmauern nieder – und ich musste Soldat werden. Hitlers letzte Aufgebot.

Kriegsende, Gefangenschaft, Neuanfang. Jetzt neue Lehre, Kaufmannslehre, kein Job für einen unfreiwillig abgebrochenen Verlagslehrling. Also jetzt bei Grete im Goldschmidt-Vertrieb.

Grete wollte tanzen lernen. Der, mit dem sie »ging« (wenn eine mit einem »ging«, hatte sie wenigstens ein paarmal tief in seine Augen geblickt und, heimlich, mit ihm Händchen gehalten) war aufs Tanzen nicht scharf, ließ sich aber erweichen. Und nun suchte Grete einen Tanzpartner für Ruth.

»Komm, mach mit«, warb sie um Ruth. Die zögerte. »Ich hab' doch viel Arbeit mit den Kindern.«

»Der ist nett, Du kennst ihn doch schon.«

»Ja, aber, ich kann doch gar nicht tanzen.«

»Ja, aber er. Er hat schon einen Tanzkursus gemacht. Er tanzt gut. Er passt zu dir.«

Ich kannte Ruth. Ein bisschen. Ein kleines bisschen. Mittags, wenn die Schule zu Ende war und die Schulhelferin Ruth in der Stoppenberger Volksschule ihre 60 Schülerinnen nach Hause geschickt hatte, tauchte sie hin und wieder bei ihrer Freundin Grete auf. Sie hatte Hunger, wie wir alle. Grete brachte schon mal ein Brot mit, manchmal sogar mit Wurst. Und Ruth tauschte dann mit ihrer Schulspeisung, ein Henkelmann mit Suppe, die sie nicht mochte. Mal eine Maissuppe, mal eine sämige Erbssuppe, ohne Fleischeinlage.

Manchmal, wenn ich dabei war, krieg ich was ab, Maissuppe oder Erbsen, was anderes gab's nicht. Die verschlang ich. Und teilte mein Mittagsbrot, meist mit Marmelade, die meine Mutter aus Holunderbeeren gekocht hatte. Das schmeckte Ruth.

Die Mittagspause war kurz. Danach fuhr Ruth nach Hause, ich nach Feierabend zu meinen Eltern in die Drei-Zimmer-Wohnung am Helmholtzplatz, wo noch meine Schwester Else wohnte und ein Onkel, der aus Ostpreußen vor den Russen geflüchtet war. Den konnte ich zwar nicht ausstehen, aber mein Vater war ein Mann von strengen Grundsätzen, »dass die Familie, verdammt noch mal, in der Not zusammenzurücken habe«. Hatte ja Recht, diese ehrliche Haut.

Ich war ohnehin nur noch zum Schlafen zu Hause.

»Und abends wird es jetzt später«, sagte ich Mutter.

»Ist da was?«

»Ja, ich gehe tanzen. In einen Tanzkurs.«

»Allein?«

»Nein, mit der Freundin einer Arbeitskollegin. Die ist nett.«

»Du hast doch kein Geld!«

»Doch, ich hab' was gespart, krieg' jetzt doch 50 Mark im Monat als Lehrlingslohn.«

Mutter steckte mir einen Schein in die Tasche, 5 Mark, »damit ihr was trinken könnt.«

Der Saal im Restaurant in Kray war gut besetzt. Alle jung, alle schlank, sehr schlank. Kriegsentlassene Soldaten, die sich schwer taten auf dem Parkett, sich schüchtern den jungen Frauen näherten.

Ich war wohl der Jüngste mit meinen gerade mal 18 Jahren. Aber tanzen konnte ich schon, hatte ja einen Anfängerkurs hinter mir. Und trampelte nicht mehr auf den Füßen der Partnerin rum.

Das gefiel Ruth. Als Mann, so lehrte der Tanzlehrer, musst du feste führen. Ruth ließ sich leicht führen. Und ich führte gerne fest. Und sie ließ sich auch drücken, auch fest drücken. Beim Tango. Oder weniger: beim Walzer. Und locker beim Focktrott. Oder ganz eng. Beim langsamen Walzer. Und vom Plattenspieler dröhnte der schnulzige Schlager: »Ich tanze mit dir in den Himmel hinein, in den siebenten Himmel der Liebe …«

Nach knapp zwei Stunden war Feierabend. »Üben Sie auch zu Hause«, mahnte der Tanzlehrer. »Es kann nur besser werden.«

Dann fuhren wir nach Hause. Getrennt. Ruth mit Grete und dem, mit dem sie »ging«, mit der Straßenbahn und dem Vorortzug nach Essen-Stadtwald. Ich mit der Straßenbahn. Wenn ich den Fahrer kannte und ein Straßenbahner-Kollege meines Vaters am Steuerknüppel stand, durfte ich vorne bei ihm einsteigen. Kostete nichts. Sonst lief ich, kostete auch nichts. Dauerte nur länger.

Dann kam der siebte November 1946, ein nasskalter Abend.

Wir waren schon ganz gut auf dem Tanzparkett. Ruth trug ein neues Kleid. Von »Onkel« Heinz, der Schneidermeister war und zwei Räume in seinem Haus an Ruths Mutter Elli und Ruth vermietet hatte, aus einem blumigen Gardinenstoff geschneidert.

»Schön«, staunte ich. »Du siehst toll aus.«

»Danke, du siehst auch gut aus.«

Ich hatte mir bei meinem älteren Bruder Willy, der noch in England bei einem Re-education-Programm, einem demokratischen Umerziehungsprogramm der britischen Regierung, auf seine Entlassung aus der Gefangenschaft wartete, eine Jacke mit sportlichem Fischgräten-Muster ausgeliehen. Die hatte zwar vorn an der linken Schulter ein Mark-großes Loch, verursacht durch einen Bombensplitter, der den eichener Kleiderschrank im elterlichen Schlafzimmer durchbohrt hatte. Meine Schwester Else hatte eine Schneiderin aufgetan, die das Loch so kunstvoll ausbesserte, dass die Jacke wie neu aussah.

Es war ein schöner Abend. Drinnen im Saal. Nicht draußen. Es war kalt, so um die 4 Grad, windig, feucht. Die ersten Tropfen fielen. Grete und der, mit dem sie »ging«, wollten ganz eilig nach Hause. Sie verabschiedeten sich. Auch die Mittänzer im Saal waren schon weg.

Wir beide standen allein da.

Es regnete stärker. Wir froren. Wir flüchteten, es waren mindestens noch hundert Meter bis zur Haltestelle der Bahn. Wir liefen unter eine Eisenbahnbrücke. Der Regen prasselte auf die Brücke.

»Der Mann muss die Partnerin fest führen«, hatte der Tanzlehrer gesagt.

Wir froren. »Fest führen.« Da habe ich Ruth fest an mich gedrückt. Unsere nasskalten Nasen berührten sich.

Dann haben wir uns zum ersten Mal geküsst.

Das war am siebten November 1946.

An einem 7. November haben wir auch geheiratet, 1951. Im Essener Hagelkreuz wurde gerade ein Zimmer frei, das bis dahin »zwangsbewirtschaftet« war. Jetzt hatten wir auch eine gemeinsame Bleibe.

Und jeder Siebte war für uns ein Feiertag …

Die erste Story

Ich gab nicht auf,
schrieb 50 Bewerbungen an Zeitungen

Schreiben ist Schwerarbeit, hat mich mein journalistischer Mentor gelehrt, als ich um alles in der Welt darauf bestand, Journalist werden zu wollen.

Ja, Schreiben ist Schwerarbeit, auch wenn es nach langer Übung leichter von der Hand geht.

Ich hatte schon in der Schule gern geschrieben. Und war stinksauer, als mich der Rektor der Volksschule, der auch mein Deutsch-Lehrer war, im Abschluss-Zeugnis mit der Note »befriedigend« in Deutsch abspeiste. Ich hasste diesen widerlichen pomadigen Kerl, der ohnehin jedweden Protest in der Klasse damit beendete, dass er mit einem Rohrstock herumfuchtelte – weit ausholte und mit Schmackes zuschlug. Das war mitten im Zweiten Weltkrieg, 1942, in der Dechenstraße in Essen-West. Hart wie Krupp-Stahl, zäh wie Leder und flink wie Windhunde sollten wir Jungs sein …

Ob da bei dem 14-Jährigen auch eine Portion Pubertät mitspielte? Pubertät? Nie gehört, ein Fremdwort bei uns zu Hause.

Vielleicht wusste der katholische Pfarrer von St. Anna mehr? Jedenfalls fragte er bei der Beichte, samstags vor dem sonntäglichen Gottesdienst, auffällig oft, ob ich wohl auch Widerworte gegeben habe. Was macht da ein Heranwachsender, der schnell aus dem finsteren Beichtstuhl der peinlichen Befragung entfliehen will? Er sagt: Ja (ohne Amen). Betet dann, allein gelassen, auf der harten Kirchenbank im stummen Schnellsprechgang, nur die Lippen bewegend, zehn Vater-unser und zehn Gegrüsset-seist-du-Maria – die übliche »Strafe« des Pastors. Und dann ab nach Hause, nach dem Seelen-Segen wartet das wärmende Wannenbad, erst für Vater, dann Mutter, dann die vier Kinder.

Zurück zur Deutschstunde: In der Handelsschule war in Deutsch, mündlich wie schriftlich, die Welt wieder in Ordnung – alles »gut«. Auch bei den Mitschülern in der Klasse hatte ich gute Karten. Meine Korrekturen waren begehrt, wenn ich deren oft kargen Aufsätze aufmotzte. Vor allem meine umfängliche Zitate-Sammlung brachte Schwung in die sprachliche Einöde der Deutsch-Arbeiten. Die Schulkameraden nannten mich, und das war nicht nur flapsig gemeint: ihren »Prosa«.

Dabei wäre »Prosa« beim Start ins Schulleben beinahe gescheitert. Ich hatte alle möglichen Kinderkrankheiten und als I-Männchen eine lebensgefährliche Diphterie. Eingesperrt in einer Isolier-Station des Krankenhauses. Kontakt mit Mutter Mimi nur über ein kleines Fenster. »67 Tage gefehlt (entschuldigt)«, steht im Zeugnis der 1. Klasse.

Mimi besuchte ihren Jüngsten täglich und übte mit ihm, mit Blick- und Sprechkontakt von Scheibe zu Scheibe, vor allem Kopfrechnen. Kleines Einmaleins. Deutschstunden waren nicht angesagt. So kriegte ich zwar die Kurve in den ersten Volksschulklassen im Rechnen (das einzige »gut«!), aber in allen anderen Fächern schnitt ich nur mit »genügend« und maximal »befriedigend« ab.

Und holprig ging's weiter.

1944, nach erfolgreichem Abschluss der Handelsschule (Gesamtnote »gut«), war ohne Abitur der Weg in den Journalismus eine Fata Morgana. Aber eine Stelle als Verlagslehrling bei der Essener »National-Zeitung« war im Angebot.

Ich schrieb nebenbei für eine Lokalzeitung kleine Glossen. Die druckte keiner. Vor allem rüstete ich mein Handwerkszeug auf: In Abendkursen übte ich fleißig Steno, Deutsche Reichskurzschrift, trainierte fehlerfreies Schreibmaschine-Schreiben, mit zehn Fingern, blind. Lernte Verlagsvertrieb, Buchhaltung, kaufmännische Korrespondenz, lernte Setzerei und Druckerei kennen.

Und peilte ein neues Ziel an: Nach der Verlagslehre wollte ich mich als Pressestenograf einarbeiten und einen neuen Anlauf in den Journalismus machen. Immerhin war ich in Steno so fit, dass ich kurze Nachrichten am Radio einigermaßen mitschreiben konnte, und auf der Schreibmaschine war ich auch nicht schlechter als die flotten Stenotypistinnen.

1945, die letzten Kriegsmonate. Die Krupp-Stadt Essen durch Bombenangriffe verwüstet, jedes zweite Haus in Trümmern. Die »National-Zeitung«, durch Feuer zerstört, stellte ihr Erscheinen ein. Überall herrschte Angst vor weiteren Fliegerangriffen. Überleben in Kellern und Bunkern.

Der Jahrgang 1928, mein Geburtsjahrgang, wurde »zu den Fahnen gerufen«, so verlogen hieß das damals. Ich hatte mich als Kriegsoffiziers-Bewerber freiwillig zur Luftwaffe gemeldet. Landete statt im Kurland, wo ich als Pilot ausgebildet werden sollte, in Neustadt am Rübenberge bei Hannover beim »Reichsarbeitsdienst« (RAD).

Und wurde im Schnellverfahren an Gewehr (K98) und Panzerfaust gedrillt und gen Ost in Marsch gesetzt – »zur Verteidigung der Reichshauptstadt«.

Ich kam (zum Glück!) nur bis auf Hörweite des fernen Kanonendonners in die Nähe Berlins, wo die Einheit der 16-Jährigen in Richtung Nordwest abkommandiert wurde. Marsch über Brandenburgs Landstraßen, Marsch durch Mecklenburg. Endstation eine hügelige Wiese bei Bad Kleinen, in den ersten Mai-Tagen 1945.

Gefangennahme durch amerikanische Soldaten – der erste Schwarze meines Lebens empfing mich, Gewehr im Anschlag. Er tat mir nichts, schickte mich weiter (»go on, boy«) zu den anderen Kriegsgefangenen – 20 000 Mann, mehr oder weniger, zusammengepfercht auf freiem Acker am Waldesrand.

Hunger, immer Hunger, ab und zu ein Schlag dünne Suppe aus der Gulaschkanone, die ihren Namen nicht mehr verdiente. Brennnesseln am Waldrand gepflückt und gekocht, ohne Salz kein Genuss. Auch mal gebratene Regenwürmer als »Nachtisch« probiert. Ein Kommissbrot aufgeteilt in 24 Schnitten, eine Scheibe pro Mann …

Im Juni 1945 – ich war inzwischen 17 Jahre alt – Weitertransport zu einer britischen Einheit nach Schleswig-Holstein. Internierung im Dorf Blekendorf bei Lütjenburg, die Kriegsgefangenen durften sich im Dorf frei bewegen. Ich hatte Hunger und suchte Arbeit.

Die Bäuerin Lüth nahm mich. Ich mistete den Pferdestall aus, jätete Unkraut, und durfte beim Kühe-Melken helfen. Das machte ich offenbar gut, so dass ich mit der Tochter der Bäuerin bald morgens um fünf und abends noch mal die 14 Kühe melkte. Und dafür jeden Tag einen prallgefüllten Teller mit Pellkartoffeln und Quark mit Schnittlauch als Lohn bekam.

Im Sommer 1945 schickten die englischen Besatzer die unter 18-Jähren (»den Kindergarden«) nach Hause. Nach intensiver Entlausung und medizinischem Check im Schloss Eutin fragte mich der Arzt: »Na, was wirst du jetzt machen?«

»Ich werde Journalist«, sagte ich.

Keine Chance bei den von den Engländern lizenzierten Blättern in Essen. Keine Chance für den abgebrochenen Verlagslehrling, geschweige denn ein Hauch von Hoffnung auf ein Zeitungs-Volontariat.

Um wenigstens eine Berufsausbildung abschließen zu können, bewarb ich mich um eine Lehrstelle beim Chemie-Riesen Th. Goldschmidt AG in Essen. Nach zwei Jahren bestand ich das Kaufmannsgehilfen-Examen, verbesserte mein Steno, mein Maschinenschreib-Tempo, las viel, belegte Abendkurse in Volkswirtschaft, Philosophie, Literatur, paukte Englisch- und Spanisch-Vokabeln.

Und ich schrieb Bewerbungen.

Ich hatte Glück. Die Rhein-Ruhr-Zeitung suchte einen jungen Pressestenografen. Da fing ich im August 1947 an. Essen, Kibbelstraße. Ich schrieb Nachrichten, die ich am Radio abgehört hatte, für die Redakteure. Ich schrieb Meldungen, die in schmalen Endlos-Streifen über Hell-Schreiber eintrafen, auf DIN-A-Blätter – auf der leeren Rückseite, denn Papier war knapp. Und die Zeitungen, dreimal die Woche, waren dünn – vier, sechs, am Wochenende auch mal acht Seiten.

Ich schrieb weiter Bewerbungen, denn die Rhein-Ruhr-Zeitung bot mir zwar tröstlichen Zuspruch, aber kein Volontariat.

Ich schrieb kleine Geschichten für andere Zeitungen, die schickten auch nette Briefe – aber sie druckten meine Geschichten nicht.

Dann schrieb ich eine größere Geschichte. Und die wurde – endlich! – gedruckt: Meine erste veröffentlichte Story.

Ich habe sie wie einen Schatz gehütet. »Irgendwer« ist der Titel. 88 Nonpareille-Zeilen lang, einspaltig, 14 Cicero-Breitsatz. Der erster Preis bei einem Nachwuchs-Schriftsteller-Wettbewerb des »Mannheimer Morgen«. Honoriert mit der von mir damals unvorstellbar hohen Summe: 200 Reichsmark. Das Doppelte meines Monats-Salärs!

Ruth hat meinen Erstling sauber ausgeschnitten und auf ein weißes, inzwischen vergilbtes DIN-A-4 Blatt aufgeklebt und daneben mit ihrer wunderbaren sauberen Handschrift notiert: »Mannheimer Morgen, 27. März 1948«.

Die Story eines Heimkehrer-Schicksals. Typisch für jene wirren Nachkriegsjahre, als Millionen unterwegs waren – heimatlos, hoffnungslos.

Eine traurige Geschichte. Eine gute Geschichte. Auch nach 70 Jahren noch gut. Ich habe sie neu abgetippt, damit sie lesbarer ist, aber kein Wort verändert. Ich habe sie angehängt.

Meine erste Story endet im Übrigen mit einem Happy-end. Bei meinem Bewerbungs-Marathon um ein Zeitungs-Volontariat hatte ich 1947 und l948 insgesamt 50 Zeitungen in Westdeutschland angeschrieben. Von 48 Zeitungen kamen Absagen. Zwei sagten zu.

Aus Wiesbaden kam ein Angebot: 50 Reichsmark Honorar im Monat, jeder gedruckte Artikel werde honoriert. Das war mir zu unsicher bei diesen kargen Seitenumfängen 1948. Wie sollte ich mit 50 Mark in der teuren Kurbad-Stadt leben können?

Der Chefredakteur der »Fränkischen Landeszeitung« in Ansbach, dem meine Story »Irgendwer« gefallen hatte, lud den jungen »Schriftsteller« zu einem langen Gespräch ein. Er bot mir an, bei seiner Zeitung zu volontieren und das Handwerk des Journalisten von der Pike auf zu erlernen. 150 Mark Monatsgehalt im ersten Jahr. Dienstbeginn sofort. Ein Traum-Angebot.

Anfang Mai 1948 fing ich an, noch nicht 20 Jahre alt.

Und ich lernte schnell, dass Schreiben Schwerarbeit ist.

Dass sie aber auch die Tür öffnet, sich mit 26 Buchstaben und drei Umlauten, kleinen und großen, eine ganze spannende, aufregende, bewegende Welt aufzubauen und mitzugestalten.

Dass die Schwerarbeit lohnt. Und dass sie schön ist. Immer noch …

Irgendwer

Von Helmut Reinke

Vier Jahre war er alt, als die Mutter starb und der Vater erblindete. Vier Jahre alt und allein auf der Welt. Man brachte ihn in ein Kinderheim. Als er zehn wurde, kam er ins Dorf. Er war ein kräftiger Junge, und wenn er aus der Schule auf den Bauernhof zurückkehrte, arbeitete er auf dem Acker, im Haus, im Hof. Er war fleißig und willig, und so konnte er bleiben, als er aus der Schule entlassen wurde. Dann brach der Krieg aus. Der Bauer wurde Soldat. Die Bäuerin und er schafften weiter. Bald holten sie ihn selbst. Er war gerade siebzehn.

Er tauchte unter in dem großen Heer der Namenlosen. Marschierte, kämpfte, marschierte. Und bald kannte er nur noch den gleichen Schritt und Tritt. Vorwärts? Rückwärts? Immer nur die endlose Straße entlang.

Vor der Gefangenschaft, vor dem Stacheldraht floh er. Er suchte eine Heimat. Er konnte zurück auf den Hof, von wo aus er gekommen war. Eine Heimat suchte er. Er kehrte zurück zu dem Bauernhof, auf den Acker. Er wollte arbeiten. Er wollte eine Heimat finden. Er schuftete Tag für Tag. Er sah wie die Saat, die er gelegt hatte, wuchs und reifte. Dann kam der Bauer zurück und bald darauf dessen Sohn. Er konnte gehen.

Er wurde ein Irgendwer auf den Landstraßen Deutschlands. Er marschierte wieder, drei, vier, links, rechts Wohin? Er wusste es nicht.

Er erfuhr, dass er einen Vater hatte, eine zweite Mutter, auch Geschwister. Er hatte nur Kinderheim, Bauernhof, Arbeit und Landstraße gekannt, Jetzt hörte er, dass er ein Zuhause hatte. Er kehrte heim. Er fand einen Vater, der blind war und sein Schicksal verfluchte, eine Mutter, die ihn kalt und fremd abtat. Geschwister, die ihm sein letztes, das er mitbrachte, stahlen und zu Geld machten. Und er wollte es dennoch wagen. Er wolle arbeiten. Er wollte eine Heimat finden.

Er arbeitete Tage, Wochen. Er schuftete, quälte sich ab, litt. Dann hielt er es nicht mehr aus. Er floh. Er hatte eine Heimat gesucht. Nun floh er.

Er war wieder Namenloser, Landstreicher, Suchender. Er marschierte über die staubigen Straßen, die irgendwo hinführten. Links, rechts, drei, vier.

Und als er eines Abends an einem Bahngeleise stand, der Zug anrollte, dann griff er zu. Die Wagen hatten Pakete geladen, Pakete mit Zigaretten, Lebensmitteln, Kleidung für die Besatzungsmacht. Er griff zu und marschierte dann wieder. Leben! Leben! Das war die Melodie der Landstraße, eine grausame Melodie.

Man hatte ihn gesehen, verfolgte und verhaftete ihn. Man sperrte ihn ein, stellte ihn vor Gericht und verurteilte ihn. Acht Monate Arbeitslager. Acht Monate Sträfling X. Wofür? fragte er. Er hatte eine Heimat gesucht. Nun war er Sträfling X.

Eines Tages war er verschwunden. Sie hatten Steine geladen, die anderen Sträflinge und er. Er hatte einen Hackenstiel in der Hand gehabt – und zugeschlagen. Einen Menschen niedergeschlagen, der ihm den Weg in die Freiheit versperrte.

Er lebte wieder vom Gesetz der Landstraße. Die Landstraße führte ihn in Kriegsgefangenenlager, in Flüchtlingslager. Bis ihm irgendjemand einen Zettel Papier ausfüllte, einen Flüchtlingsausweis, und ihm ein paar Mark gab für die Fahrt nach Hause. Nach Hause? In die große Stadt, in der er geboren war. Er wusste nicht, was er dort wollte. Vielleicht doch noch eine Heimat finden, vielleicht arbeiten …

*

Er arbeitet nun im Kohlenbergbau. Tag für Tag fährt er ein, bohrt, schaufelt, bohrt. Warum? Wofür?

Er fragt nicht mehr.

Das erste Telefon

Als Oma Höntrop mit dem Teufel telefonierte

Ach, wie war es doch vordem …

Ein Stück aus der Steinzeit des Fernsprechens, die so fern gar nicht zurückliegt.

Als ich ein kleiner Junge war, in den frühen 30er Jahren des vorigen Jahrhunderts, hatte ich ein Spielzeug-Telefon mit 'nem Klingeling, feuerrot, und mit dem schrillen Klingelingeklingkling und Rrrrrrrr ging ich Oma Mimi und vor allem Opa Hugo mächtig auf den Nerv: »Helmut, nu lass dat doch mal!!!!« Und Hugo donnerte: »Schluss jetzt, her mit dem Ding.«

Das erste Telefon und die Tränen des Kindes …

Im Acht-Familien-Haus am Essener Helmholtzplatz 1 gab es kein Telefon. Im Nachbarhaus 3 auch nicht. Auch nicht im Haus 5. Nur der Doktor, der Zahnarzt, im Haus schräg gegenüber hatte eins. Aber da durften wir nicht telefonieren.

Wenn Opa Hugo außerplanmäßig zum Dienst musste, weil einer seiner Straßenbahner-Kollegen plötzlich fehlte, wurde er zu Hause abgeholt. Er hatte auch in seiner Freizeit (»Hugo. Du bist doch nüchtern?!«) immer dienstbereit zu sein.

Telefonieren war Luxus. Für Reiche. Wir kannten eine, die einen kannte, der ein eigenes Telefon hatte. Ein hässliches schwarzes Dingsda mit Wählscheibe. Da steckte man den rechten Zeigefinger in eine kreisrunde Öffnung und drehte ein paar Ziffern; mit Glück kriegte man dann denjenigen, mit dem man fernsprechen wollte.

Von Ruth gibt es eine schöne Geschichte, die sie mit ihrer (lebenslänglich telefonlosen) Oma erlebte, die im dörflichen Höntrop bei Bochum wohnte und bei ihren Enkeln nur »Oma Höntrop« hieß. Ruths Vetter Axel hatte ein paar Jahre nach dem Zweiten Weltkrieg als erster in der Familie ein eigenes Telefon.

Ruth war gerade bei Axel zu Besuch, als »Oma Höntrop« aus dem Nebenhaus zum Kaffeetrinken dazu kam.

Seine Neuerwerbung wollte Axel unbedingt auch Oma vorführen: »Ruth, jetzt rufen wir Schwager Erich an, da werden wir mal erleben, wie ›Oma Höntrop‹ Bauklötze staunt!«

Fahrsteiger Erich aus Bochum, der auf Zeche ein Diensttelefon hatte, war am Apparat. Axel: »Bleib mal dran, Erich, ich habe 'ne dicke Überraschung« … und drückte »Oma Höntrop« den Hörer ans Ohr: »Oma, hör mal, wer hier zu dir spricht.«

»Oma Höntrop«, schon nicht mehr ganz frisch auf den Ohren, hörte zum ersten Mal in ihrem Leben an einem Telefon eine fremde Stimme. Und ließ entsetzt den Hörer fallen:

»Nein, nein, nein, da spricht der Teufel!!« und rannte fluchtartig aus dem Haus

»Oma Höntrop« hat nie wieder ein Telefon angerührt …

Wer in jener Frühzeit der Kommunikations-Technik unbedingt telefonieren wollte, musste zur nächsten Telefonzelle der Post. Diese gelben mannshohen Häuschen mit Glasscheiben gab's in der Stadt meist in der Nähe großer Wohnsiedlungen.

Vergnüglich war das Fernsprechen da nicht gerade. Entweder man wartete frierend im Regen vorm Häuschen, weil drinnen einer mal wieder eine »lange Leitung« hatte und sich um die amtliche Aufforderung »Fasse dich kurz!« nicht scherte. Oder ein Scherzbolzen hatte den Geldschlitz des Münzfernsprechers mit Papier oder Kaugummi verstopft. Oder schlimmer: das Wasser nicht halten können … Oder er hatte kein Kleingeld, vor allem keine Groschen.

Und dreckig waren die Zellen meist auch. Später, nach der Währungsreform 1948, als es Farben nicht mehr auf Bezugschein und reichlich Auswahl im Malergeschäft gab, kamen die Graffiti-»Künstler« zum unrühmlichen Einsatz … Was das Hören nicht störte, aber die Sicht einschränkte.

Telefone für Privathaushalte waren noch viele Jahre nach Kriegsende Mangelware. Anträge bei der Post, die das Monopol besaß, lagerten endlos lange (»Ja, bei der Post geht's nicht so schnell«), ehe man endlich auf die Zuteilungsliste kam. Da hatte man immer noch kein Telefon. Erst mussten Bautrupps anrücken, die die Erde aufwühlten und Kabel ins Haus, dann in die Wohnung verlegten, die Anschluss-Steckdosen installierten. Dann erst, oft Monate später, kam der Monteur von der Post und brachte das ersehnte Päckchen mit dem Telefon-Apparat: Einheits-Design schwarz mit Wählscheibe.

Mein erstes, eigenes, Telefon wurde Mitte der 50er Jahre bei uns im Hagelkreuz 1 installiert. Immerhin: ein Modell in Weiß. Aber diese Vorzugsbehandlung durch die Post gab es nur, weil ich als Lokalredakteur der »Essener Allgemeinen Zeitung« als »dringender Fall« eingestuft war. Und durch meinen Job auch ein paar Beziehungen (»Vitamin B«) aufgebaut hatte.

Nur: Alleinnutzer waren Ruth und ich trotzdem nicht. Die Mitbewohner im Acht-Zimmer-Haus, darunter zwei junge Sekretärinnen, Party- und Partner-erfahren, hatten Mitbenutzungsrecht. Also stand das Telefon außerhalb unserer Räume im Flur auf einem kleinen Tischchen. Darauf ein Sparschwein, das fütterte jeder nach einem Telefonat mit Groschen für die Orts- und seltenen Ferngespräche. Ehrlich beim Abrechnen waren alle. Das Telefon hatte eine extra lange Schnur, damit man den Apparat ins eigene Zimmer mitnehmen konnte, um ungestört hinter geschlossener Tür und möglichst nicht allzu lautstark zu telefonieren.

Auch in der Redaktion war ein eigenes Telefon für jeden Schreibtisch nicht die übliche Büro-Ausstattung. Meist arbeiteten wir zu Dritt in einem Raum, zwei Tische gegenüber, einer vor Kopf. In der Mitte ein Schwenkarm, den jeder zu sich heranziehen konnte. Bei temperamentvollen Kollegen (»Achtung vor Ludger, der ist heute mal wieder geladen!«) landeten Schwenkarm plus Telefon schon mal unsanft an Kopf oder Händen des Gegenübers …

Eine Nummer überall selber wählen, und das gar in andere Länder oder Erdteile, war in ganz Westdeutschland erst 1966 möglich, ins Ausland Anfang der 70er Jahre mit Einführung der

Vorwahlnummern (in der Ex-DDR erst nach der Wiedervereinigung im Sommer 1991!). Fürs Telefonieren sorgten viele Jahre lang die »Frolleins vom Amt«, die vor großen Klappenschränken saßen und die Verbindungen handvermittelten. »Stöpseln« nannte man das. Nur Frauen mit deutlicher Aussprache wurden dafür engagiert, Männer hielt die Post fürs »Stöpseln« nicht geeignet.

Immerhin: Es war ein Mann, der als Pionier in die Geschichte der Telefonie einging. Der Amerikaner Almon Strowger, von Beruf Leichen-Bestatter, war sauer auf ein »Fräulein vom Amt«. Wenn er einen Sarg bestellen wollte, wusste das auch das »Fräulein« – und informierte sofort Almons schärfsten Konkurrenten, mit dem die Dame ein nichtamtliches Verhältnis hatte – und der hatte dann beim Sargbestellen die Nase vorn. Darum tüftelte Almon an einem automatischen (garantiert »Fräulein«-freien) Vermittlungssystems herum, das 1891 patentreif war. Aber erst nach vielen Kinderkrankheiten, Jahrzehnte später, wurde das Selberwählen für alle Realität.

Mit einem »Frollein vom Amt« hatte ich im Juni 1950 zu tun: bei meinem ersten Telefongespräch ins Ausland. Nervige Wartezeit auf die Verbindung nach London, zu Hans Tasiemka, einem welterfahrenen Journalisten. Kriegsausbruch in Korea, die Auseinandersetzungen zwischen China und den USA eskalierten, ein dritter Weltkrieg drohte.

Ich hatte Sonntagsdienst, gerade Jungredakteur geworden, im Politik-Ressort, bis zum späten Nachmittag allein im Haus. Korea? Ich wusste wenig bis nichts von Korea. Von den Agenturen tröpfelten die ersten Nachrichten. Hans briefte mich reichlich mit Hintergrundwissen, immer wieder unterbrochen, immer wieder neu verbunden vom »Frollein vom Amt«. Es war ein langes Gespräch, ein teures. Es wurde ein langer Bericht. Und ein guter, fand selbst der Chefredakteur, der selten lobte.

Am nächsten Morgen stand ein empörter Buchhalter in der Chefredaktion: »Wer schmeißt denn hier das Geld aus dem Fenster und telefoniert stundenlang mit London??!!!«

Der Chefredakteur grienend: »Noch keine Zeitung gelesen? Fragen Sie mal den jungen Kollegen da?« Und zeigte auf mich.

Der Buchhalter sah die Schlagzeile »Krieg in Korea«, blickte mich an. »Ach so, na ja. Verstehe. Entschuldigung.«

Ich durfte dann noch ein paar Mal mit London telefonieren. Als »jetzt doch erfahrener Kriegsberichterstatter« …

Ach, wie war es doch vordem …

Immerhin tauschte ich in den späten 70er Jahren mein in Tausenden Orts- und Ferngesprächen bewährtes Telefon mit Wahlscheibe gegen ein zeigefingerschonendes Modell mit Tastatur ein, nicht mehr tiefschwarz, sondern zartgrün.

Und ein Jahrzehnt später begann der Siegeszug der Schnurlosen, der Handys: der Mobilfunk.

Mein erstes Autotelefon, ein schlankes, handliches Nokia, war da schon eine Vielzweck«waffe«: Telefonieren, wo immer man wollte, oder im Auto das »Nokia« in eine Halterung stecken und dann, beide Hände am Steuer, frei telefonieren. Mit Handy am Ohr und dabei rasant über die Pisten jagen hat die Polizei auch heute nicht so gern …

Nachdem in Berlin die Mauer gefallen war, November 1989, und die deutsch-deutschen Schlagbäume offenstanden, war Telefon-Kontakt von West nach Ost und umgekehrt ein nerviges Geduldspiel. Es dauerte Stunden, manchmal Tage, bis man endlich seinen Gesprächspartner am Apparat hatte. Da half auch das »Nokia« nicht weiter. Ich besorgte mir ein Funktelefon, einen Telefonkoffer so groß wie ein Schuhkarton: Damit konnte ich zwischen Hamburg und Rostock ohne Probleme telefonieren.

Und heute ist alles besser …

130 Millionen Mobilfunk-Anschlüsse gibt es in Deutschland. Smartphone, iPhone – der Markt boomt. Simsen ist der Volkssport des 21. Jahrhunderts: 700 Millionen SMS und Whatsapp-Kurznachrichten werden täglich bei uns verschickt. Täglich! Mit und ohne Fotos, mit und ohne Videos, mit oder ohne Ton.

Ach, wie war es doch vordem …

… als wir noch Briefe schrieben. Mit Füllfeder. Auf Büttenpapier. Oder auf kleinen Zetteln. Mit 'nem Herzchen drauf.

…manchmal kommt der Briefträger auch heute noch und steckt 'ne Postkarte, 'ne Ansichtskarte von Irgendwoher in den Briefkasten. Handgeschrieben. Oft lange unterwegs. Manchmal mit 'nem Herzchen drauf.

Heute kommt WhatsApp vom iPhone. Und manchmal auch mit 'nem Herzchen drauf.

Das erste Auto

Axel, hast du wirklich nichts getrunken, will Oma Elli wissen

»Na, Axel. Lust auf 'ne Jungfernfahrt mit dem neuen Wagen?«
»Immer, ich hab 'Zeit.«

Oma Elli zog mich an die Seite, flüsterte: »Hat der auch nichts getrunken!?« Das hatte Axel mitgekriegt, denn Omas Flüstern war nicht stimmlos, weil sie nicht mehr ganz taufrisch auf den Ohren war (Erbkrankheit ihrer ganzen Familie) und darum etwas deutlicher sprach.

»Aber Elli, ich trink keinen Tropfen Alkohol, wenn ich Auto fahre!« empörte sich Axel, der Lieblingssohn und Erbe von Omas Schwester Hulda vom Niederhagemann-Hof in Höntrop. Vom »Hoff«, wie er bei ihnen hieß, war nur noch der große Garten und das alte Haus übriggeblieben, in dem auch Oma Elli und später Ruth geboren wurden. Axel und Ruth sind im »Hoff« als Kinder aufgewachsen, ehe ihre Eltern nach Essen-Rüttenscheid umzogen.

So ohne Grund war Ellis sorgenvolle Frage nicht, denn Axel hatte einen Job als Handelsvertreter einer norddeutschen Schnapsfabrik, wo Kundengespräche (»probier' den mal, Prösterchen«) lange dauerten, ehe sie in trockenen Tüchern waren.

»Ja, ja, passt bloß auf«, ließ Oma Elli nicht locker. »Helmut ist jetzt Vater!«

Ja und Ruth Mutter. Die wollte auch gar nicht mit auf Auto-Jungfernfahrt. »Ich gehe gleich mit dem Kind an die Luft.« Corinna war im Sommer 1958 gerade ein gutes halbes Jahr alt.

Das Auto stand seit ein paar Tagen in der Garage neben unserem Haus im Hagelkreuz 1 im Essener-Stadtwald, wo Elli ein Zimmer und wir zwei im Erdgeschoss bewohnten. Frisch geputzt, silbergrau, ein Volkswagen. Mein erstes eigenes Auto. Ein neueres Modell, schon mit breitem Rückfenster.

Meinen Pkw-Führerschein (Klasse III) hatte ich erst seit ein paar Tagen in der Tasche, den begehrten grauen »Lappen«, handlich wie ein Reclam-Taschenbuch (den Führerschein im EC-Karten-Format gab es erst Jahrzehnte später).

Die Fahrschule war kein Marathon, keine Noch-ne-Stunde-und-noch-ne-Stunde, sondern ein Schnell-Verfahren, kostensparend. Nach sechs Fahrstunden ließen Fahrlehrer und Prüfer mich aussteigen: »Bestanden«.

Ich war ja, fahrtechnisch, schon Profi. 1955 hatte ich eine gebrauchte »Lambretta« gekauft, einen formschönen italienischen Motorroller, und den Führerschein Klasse IV gemacht. Mit der feuerroten »Lambretta« eroberten Ruth und ich mit Spitze 60 km/h die Gegend: Insel Norderney, die holländische Küste, Kassel, Sauerland und und und … Ach ja, das Hochsauerland, Zwischenstopp im Feriendorf Altastenberg, unterm Dach des Gasthofes »Zum Mörchen«, die lange Maien-Nacht …

Im Spätherbst 1957 war Schluss mit Sozius-Braut: Ruths schlanker Bauch rundete sich. Und Elli dröhnte: »Du fährst nicht mehr mit.«

Dazu kam, dass ich in der Redaktion der »Westdeutschen Allgemeinen Zeitung«, der WAZ, das Ressort wechselte, von der Essener Lokalredaktion, wo Fahrer Hennes uns in der Stadt mit dem Verlagswagen zu unseren Recherchen chauffierte, ins Landesressort. Mein Arbeitsfeld war jetzt das ganze Ruhrgebiet und darüber hinaus – und dafür musste ich mobil sein. Ich brauchte ein Auto.

Verlagschef Jakob Funke, einer der beiden Eigentümer der WAZ, bot mir einen gebrauchten VW aus dem Fuhrpark an, gut erhalten, gut gepflegt, nicht viel älter als ein Jahr. »Kriegen Sie zum Vorzugspreis, 3000 D-Mark.«

Aber holla, ich hatte 1958 zwar schon ein gutes Gehalt, 950 Mark, aber die Tausender auch nicht locker auf der hohen Kante.

»Ich leg' noch 50 Mark drauf, können Sie mit Ihrer Gehaltserhöhung in Raten abbezahlen.« Danke, kein Widerspruch, der Deal war gelaufen.

Mit dem »neuen« Auto hatte ich schon mal ein paar Runden um die Blocks im Stadtwald gedreht, rein in die Garage, raus aus der Garage, rückwärts einparken, mal mit, mal ohne Ruth, aber so sicher fühlte ich mich noch nicht.

»Axel wird mit dir üben, der hat doch seit Jahren Praxis«, beruhigte Ruth.

Samstag, arbeitsfreier Tag für Journalisten. »Da habt ihr Zeit und Ruhe für euch.«

Also dann los.

»Soll ich oder fährst du zunächst?« Axel: »Lass mich mal.« Gang rein. Krach. »Ich kenn' mich mit dem VW noch nicht so gut aus«, entschuldigte sich Axel. Na, das fängt ja gut an.

Am Bahnhof Stadtwald vorbei, dann die lange Frankenstraße. »Axel, fährst du nicht zu schnell???« Axel gab weiter kräftig Gas.

»Wir fahren mal den Werdener Berg zum Baldeneysee runter, da erlebst du, wie gut der Wagen in den Kurven liegt«, strahlte Axel.

»Aber bitte, bitte langsamer!«

Axel gab Gas. Mit Schmackes in die Kurve, hart abgebremst, mit Schmackes raus. Kurve um Kurve. Wie gut, dass am Samstag auf der kurvenreichen, abschüssigen Strecke nicht viel los war. Mein Puls jagte.

»Willst du zurückfahren?« fragte Axel.

»Jaaa!!!!«

»Ich kuck' mal, wo ich auf der See-Uferstraße gut wenden kann, dann tauschen wir die Plätze.«

Rückwärtsgang. Sportlich flott. Sehr sportlich. »Verdammt schmal die Straße.« Noch ein Stück zurück. Noch ein kleines Stück …

»Stopp!!!!!!!!«

Krach. Boing. Boing. Es war ein Grenzstein am Straßenrand.

Eine prankengroße, tiefe Delle am Kotflügel hinten rechts. »Das schöne, neue Auto.«

Axel grinte verlegen: »Ich habe einen Kumpel, der macht dir das. Der arbeitet gut. Kostet dich nix. Ist hinterher wie neu.«

Bei der Rückfahrt saß ich am Steuer. Vorsichtig, nicht wie ein wilder Rennfahrer. Mit feuchten Händen, aber ohne Krach, ohne Bumms. Nur mit Delle.

Schadensbeichte bei Ruth und Elli. Die wurde richtig laut: »Aaaxelll, du hattest doch getrunken???!!!«

»Elli, wirklich, nur ein kleines Bier.«

»Schäm dich! Jetzt isst du erstmal ein Bütterchen und trinkst einen starken Kaffee, ehe du nach Höntrop zurückfährst.«

Ruth hatte nichts gesagt, derweil das Baby gestillt und frisch gewickelt und mit Corinna im Arm zu Axel gesetzt.

»Da ist ja meine schöne Prinzessin«, feixte (»tatata,ei,ei,ei«) der blondlockige Wuschelkopf. »Kuck mal, kuck mal, sie lächelt mich an.«

Die schöne Prinzessin blinzelte. Und gähnte.

Der erste Graue Star

Ich kann nur noch mit Lupe lesen, alles ist grau und vernebelt

Der Tag war heiß, brüllend heiß, über 30 Grad, der Himmel wolkenleer und weiß-blau, die Sonne gnadenlos, von früh um sieben bis zum Abenddämmern. Und wir, mein treuer Freund Karl-Hugo und ich, unterwegs auf Bergwanderung über die waldigen Höhen im rumänischen Siebenbürgen. Zwei sportive Oldies, 89 und 90 Jahre alt, die sich das locker zutrauten.

Am Abend, nach einer anstrengenden 10.000-Schritte-Tour (mit iPhone-Schrittmacher gemessen!), todmüde im Hotelbett, blitzten vor meinen geschlossenen Augen Feuerblitze auf, als wolle das Universum explodieren. Ein paar pechschwarze Brocken mischten sich auch noch unter …

Der Schock traf mich wie der Faustschlag eines Schwergewichtboxers. Urangst: Werde ich blind?! Ich stürzte ans Waschbecken, kühlte lange mit kaltem Wasser meine brennenden Augen. Irgendwann in der Nacht schlief ich ein. Es waren keine guten Träume …

Eine junge Ärztin in der Reisegruppe beruhigte mich: »Sie haben einen Sonnenbrand auf den Augen.« Das passiert, wenn man zu viel UV-Strahlung »getankt« hat. Im Gebirge, am Strand – und überall da waren wir auf Urlaubstour. »Das legt sich wieder«, beruhigte die Ärztin, »aber tragen Sie immer eine Sonnenbrille und halten Sie sich möglichst im Schatten auf.« Guter Rat, wenn man im Urlaub möglichst viel sehen will und die strahlende August-Sonne täglich Überstunden macht …

Die »Feuerbälle« haben mich noch ein paar Nächte beunruhigt, bis sie schwächer wurden und ganz verschwanden. Wieder zu Hause telefonierte ich mit der Augen-Praxis wegen eines Termins. Den gab's nicht sofort, weil auch Ärzte im Sommer Urlaub machen und Vertretungen überlastet sind.

Die Untersuchung bei meiner Augen-Ärztin Dr. Joy Wermann in Reinbek, die mich seit vielen Jahren betreut, ergab die alternativlose Wahrheit: Baldige OP notwendig, zunächst auf dem rechten Auge. Der Graue Star auf beiden Augen hat sich weiter verschlimmert. Immerhin: keine feuchte Makula, keine diabetischen Schäden.

In der Tat: Lesen wurde immer schwieriger, nur noch zusätzlich zur Lesebrille mit Lupe, schreiben am PC kaum noch möglich, weil graue Texte auf grauem Schirm selbst bei starker Vergrößerung nur mühsam lesbar waren. Farbfernsehen: alles verschwommen, vernebelt. Autofahren verboten!

Vor meinem Sonnenurlaub sah die Welt freundlicher aus …

Jetzt suchte ich Hilfe, schnelle Hilfe – »möglichst morgen«. Aber: Spezialisten für Operationen des Grauen Stars (fachmännisch: Katarakt) sind gut beschäftigt: In Deutschland werden pro Jahr 600.000 Graue Stars operiert! Meine Augen-Ärztin drückte mir eine Adressenliste in die Hand. »Rufen Sie die an, mit denen wir arbeiten. Aber es kann dauern, bis sechs Wochen für die Voruntersuchung, dann noch vier bis sechs Wochen bis zur OP.« Und einen Arzt empfahl sie mir: »Da geht es vielleicht schneller – Dr. Yun in Hamburg-Volksdorf.«

Ein Blick ins Internet auf seine Homepage: Dr. med. Sung-Hyun Yun. 1974 in Seoul/Südkorea geboren, als Elfjähriger nach Deutschland, Medizin-Studium an der Uni Mainz, Praxis in Mainz, Hamburg und USA. Facharzt für Augenheilkunde, seit 2006 spezialisiert auf Katarakt-Chirurgie. Also zwölf Jahre Erfahrung.

Anruf bei der Augentagesklinik in Volksdorf. Ich klage mein Leid (»als Journalist bin ich verloren, wenn ich nicht mehr schreiben und lesen kann«), während die freundliche Dame am Telefon ihren Terminkalender durchblättert: »Da haben wir noch was, am 28. November oder 6. Dezember.«

Nicht früher? »Ich bin Privatpatient …«

»Tut mir leid, alles voll. Vielleicht, wenn jemand absagt, melde ich mich.«

»Also dann, Mittwoch, 28. November. Und wann ist die OP?«

»Wenn Sie um 10 Uhr kommen, dauert die Voruntersuchung gute eine Stunde, etwa nach 11 Uhr sind Sie mit der OP dran. Ich schicke Ihnen alle Unterlagen.«

Die kamen prompt, und ich hatte viel zu lesen. Wie ein Auge aufgebaut ist, was ein Grauer Star ist (eingetrübte Linse, meist altersbedingt), Gefahren ohne Operation (aber nur eine OP des getrübten Linsengewebes kann das Sehvermögen verbessern!), wie operiert wird (Tropfen, Betäubungsmittel, kurze Narkose, Entfernung der Linse), Einsetzen einer künstlichen Linse, Risiken – und Erfolgsaussichten.

Die vor allem: »Bei der großen Mehrzahl der Patienten wird das Sehvermögen durch die Operation bedeutend gebessert«, heißt es zuversichtlich zum Schluss – der schönste Satz in dem 5-seitigen Info-Blatt, das wegen seiner nüchternen, klaren Sprache nicht gerade zur Gute-Nacht-Lektüre einlädt …

Was kranke Augen bedeuten, haben meine Familie und ich mit meiner Ende 2010 verstorbenen Frau Ruth miterlebt: Sie litt an Retinitis Pigmentosa, einer erblichen, unheilbaren Krankheit: Allmähliches Absterben der Netzhautzellen, Einengung und Ausfälle des Gesichtsfeldes, Nachtblindheit, Tunnelblick. Und 1995 die endgültige Entscheidung des Versorgungsamtes Lübeck: »Als Behinderung wird festgestellt: Blindheit. Der Grad der Behinderung beträgt 100.« Wir haben trotzdem 60 glückliche gemeinsame Jahrzehnte durchgestanden – Hand an Hand …

Ich machte Schularbeiten, füllte gewissenhaft die angeforderten Formulare aus: Gesundheitszustand, Vorerkrankungen, Operationen, Herzschrittmacher, Medikamente, Körpergröße, Gewicht, Alter. Ließ mich von meiner Hausärztin auf Herz und Nieren und zusätzlich von einem Nephrologen »abklopfen« – und las auch im Internet alles über den Katarakt. Zweimal, dreimal … Dass eine »extrakapsuläre Extraktion« des Grauen Stars (600.000!) zu den häufigsten Operationen in Deutschland zählt und ein Veterinär-Augenarzt an der Uni Wisconsin-Madison

(USA) sogar einem blinden Uhu durch Einsetzen einer künstlichen Linse verhalf, wieder klar zu sehen.

Nun soll Wissen zwar Macht sein (knowledge is power), wie ein Sprichwort sagt, allzu intime Detailkenntnisse über das wichtigste Sinnesorgan des Menschen aber nicht unbedingt förderlich fürs Wohlbefinden. Jedenfalls kreisten vorm Einschlafen meine Gedanken immer wieder quälend um den Grauen Star. Das Gehirn lässt sich nicht einfach ausknipsen wie ein Lichtschalter. Doch die Warteschleife bis zum OP-Termin beim Augen-Chirurgen hat schließlich ein erlösendes Zielband …

Mittwoch, 28. November 2018, 10 Uhr. Ich melde mich in der Klinik – das Wartezimmer brechend voll, jeder Stuhl besetzt.

»OP oder Untersuchung?« fragt die freundliche Empfangsdame.

»OP.«

Sie nimmt meine Unterlagen entgegen, druckt den Patienten-Ausweis meiner Krankenkasse aus. Im Wartezimmer ist ein Stuhl frei geworden. »Es geht gleich weiter.«

Die ersten Tropfen ins rechte Auge, nur das wird heute operiert. »Damit die Pupille schön zu sehen ist.« Wartezimmer.

Nächste Station: Check an vier Geräten, die ich aus der Praxis meiner Augenärztin kenne. Die Assistentinnen reden nicht viel, drucken die Messergebnisse aus. »Die Ärztin wird Sie gleich rufen.« Wartezimmer.

Gute, professionelle Organisation, denke ich. Ich habe schon anderes bei Arzt-Besuchen erlebt …

Die junge attraktive Ärztin, die mich in ihr Zimmer ruft, hat ein paar Fragen, die ich vergessen habe. Dass mein Auge betäubt werde, keine Schmerzen haben werde, ich von der Operation nicht merke, weil ich ein paar Minuten »dämmern« werde. Kurze Vollnarkose.

Ich will auch gar nichts mehr wissen …

Wartezimmer. Auf der Tür in Großbuchstaben »OP«. Links von mir zwei alte Männer mit Augenklappe, die bald von ihren Frauen abgeholt werden. Frischoperierte. Vier oder fünf Männer mit mir im Wartezimmer, noch ohne Klappe. Die sind vor mir dran.

Es ist gerade mal eine gute Stunde vergangen. Da sich alle zehn bis fünfzehn Minuten die Tür des OP-Raums öffnet und ein Patient mit Klappe herauskommt, müsste ich etwa nach 12 Uhr an der Reihe sein. Ich bin durstig und hungrig, habe seit sechs Uhr nichts getrunken und zuletzt am Abend einen Happen gegessen. Ich bin müde und wundere mich, wie ruhig ich bin. Mein Blutdruck fährt nicht wilde Achterbahn: 140 zu 80 und Puls 65, ganz normal …

»Herr Reinke, bitte!« Hinter der Tür mit der Aufschrift OP ein schmales Zimmer, in dem mich eine Assistentin einkleidet: leichter Umhang wie im Krankenhaus, Kopfbedeckung, Stoffschuhe. Sie setzt mir eine Kanüle in der rechten Hand, am Galgen hängt eine große Flasche: »Sie haben ja nichts getrunken.« Es läuft wohltuend kühl durch die Venen. Warten, bis die Flasche leer ist. Es gibt noch eine Zugabe: eine kleinere Flasche.

Ein Arzt kommt, der Anästhesist. »Ja, das sind Sie.« Ich hatte meinen Unterlagen ein aktuelles Foto von meinem 90. Geburtstag beigelegt. »Damit Sie mich nicht verwechseln.« Der Arzt lacht, »keine Sorge.«

»Kommen Sie, es ist so weit.« Im OP-Raum eine bequeme, verstellbare Liege wie bei der First-Class-Ausstattung der Lufthansa. Die Assistentin in Blau gürtet mich an, auch an den Händen. Ich atme ganz ruhig.

»Ich spritze Ihnen jetzt ein Narkosemittel«, sagt der Arzt. »Sie werden ein paar Minuten dämmern, nichts mehr spüren.« Ich erinnere mich nur an seine letzten Worte: »Doktor Yun ist gleich da.«

Als ich aufwache, ist Dr. Yun nicht mehr im Raum. »Alles in Ordnung?«, fragt der Anästhesist. »Ja, danke.« Die Assistentin führt mich ins Wartezimmer nebenan, bringt mir ein großes Glas Wasser. »Erholen Sie sich ein paar Minuten, Ihre Tochter wartet schon nebenan.«

Das war's.

Corinna sagt: »Du bist noch ein bisschen blass um die Nase.«
Es ist früher Mittag. Sie fährt mich nach Hause.

Über Nacht hält Enkel Julian Wache. Ich habe lange und tief geschlafen – trotz Klappe auf dem Auge. Am Morgen beim Frühstück lupfe ich die Klappe einen Spalt weit. Geblendet vom grellhellen Licht, erstaunt über das satte Grün der Büsche im Garten, begeistert von den lachenden, klaren Augen meines Enkels. Ein tiefes Glücksgefühl: »Ich bin raus aus dem Nebel, zurück in der Welt des Lichts!!!«

In der Augenpraxis in Reinbek werde ich von der Klappe befreit. »Tragen Sie in den nächsten zwei Wochen nachts die Schutzklappe aus Plastik, damit Sie sie im Schlaf nicht unterreißen.« Wartezimmer.

Im Spiegel auf der Toilette sehe ich mein Gesicht nicht mehr verschwommen und ohne »Weichzeichner«: Ein paar tiefe Falten ala Merkel und ein blauer Fleck am unteren Lid. Der wird bald weg sein. Die Falten nicht …

Die Ärztin ist zufrieden mit dem Ergebnis der ersten Nachuntersuchung. »Alles gut gelaufen, so soll es sein.« Ein paar Verhaltensregeln: »Wenig lesen, nur das Nötigste, Fernsehen dürfen Sie (das Fernsehbild ist von bestechender Schärfe und satter Farben!). Nicht schwimmen, nicht saunen, duschen ja, aber nur bis zum Hals, damit kein Wasser ins Auge kommt. Nicht am Auge reiben oder drücken, auch wenn's juckt. Keine körperlichen Anstrengungen. Täglich fünfmal Tropfen ins rechte Auge.«

Zweiter Nachsorgetermin, eine Woche danach: Blutinnendruck normal, Check der Lesefähigkeit, eine »3«. Darf ich wieder Auto fahren? Ich darf. Ein dritter Check steht noch vor Weihnachten an.

Am hellgrauen PC-Bildschirm sind alle Textzeilen jetzt tiefschwarz, die Bilder gestochen scharf und nicht mehr grau in grau – schreiben macht wieder Spaß! Zeitunglesen ist noch mühsam: die Brotschrift zerfasert leicht. Mit einer einfachen Lesebrille, die zweifach vergrößert, geht es schon ganz gut. Es wird einige Wochen dauern, bis ich eine neue Lesebrille mit der richtigen Sehschärfe nutzen kann.

Und in der Ferne brauche ich überhaupt keine Brille mehr!

Es ist schon ein Wunder, dass eine so winzige, nur Millimeter kleine künstliche Linse das Leben erleichtert und bereichert. Und, vor allem, dass erfahrene Augen-Chirurgen die Kunst verstehen, damit Menschen in ihrer Not und Angst zu helfen.

Danke, Dr. Yun!

*

PS: Ich werde noch einmal zu Ihnen kommen. Das linke Auge will auch aus dem Nebel raus und zurück ans Licht.

Das erste Haus

9000 Mark aus Eigengeld
und ein Berg Schulden am Hals

Der rote Ordner »Tempelhofer Weg 4« ist fünf Zentimeter dick, das Papier leicht vergilbt, noch gut lesbar. Das erste amtliche Schreiben kommt von der Vermessungsverwaltung des Kreises Stormarn für die Gemarkung Reinbek: Eine akkurate Zeichnung der Flurkarte eines großen Bauvorhabens an der Berliner Straße in Reinbek.

Links der Berliner Straße sechs Reihen untereinander. In den ersten drei Reihen unten jeweils fünf quere Kästchen, in den drei Reihen darüber jeweils sechs Kästchen. Jedes Kästchen bedeutet: Hier wird, mit einem kleinen Grundstück drum herum, ein Bungalow gebaut. Zusammen 23 eingeschossige Einfamilienhäuser.

Rechts der Berliner Straße noch einmal vier Felder, die Kästchen sind kleiner, pro Feld zehn. Hier werden zweigeschossige Reihenhäuser gebaut, insgesamt 40.

Ein Bauer hat seinen Acker zu Geld gemacht, die Nordwestdeutsche Siedlungsgesellschaft wird bauen. Die Flurkarte ist gezeichnet. Amtlich ausgefertigt: am 28. September 1967.

Wo ein Kreuzchen markiert ist, in der zweiten Reihe vorletztes Kästchen links, wird künftig das Haus Nummer 4 stehen. Die Straße hat einen Namen: Tempelhofer Weg 4. Und einziehen werden Ruth und Helmut Reinke mit Tochter Corinna und Oma Elli Röhm.

Im September 1967 grünt an der Berliner Straße noch ein Acker und was wächst sind vor allem Dutzende amtlicher Papierstapel.

Aber der Startschuss ist für uns ein goldenes Datum: Vor 50 Jahren fiel unsere Entscheidung: Wir bauen uns ein eigenes Haus! Ehrlicherweise: Wir lassen bauen.

Dass wir uns für Reinbek entschieden, hat mit einem alten Freund aus Essen zu tun: Werner Ebeler, Fotoreporter für »Stern«, »Neue« in Hamburg, »NRZ« und »Bild« in Essen. Werner hatte gleich nach unserem Umzug mit der Redaktion der »Neuen« von Köln nach Hamburg im Jahr 1967 kurz entschlossen einen Bungalow der Neuen Heimat am Schaumannskamp in Reinbek gekauft – und intensiv die Umgebung abgegrast, um Bauplätze für Kollegen zu suchen. Im Lokalblatt hatte er gelesen, dass ein Landwirt seinen Acker verkaufen wolle, für den die Stadt Reinbek ein Vorkaufsrecht besaß.

»Helmut, guter Tipp für euch. Die fangen bald an zu bauen. Kuckmal, dass du die Pläne kriegst. In Reinbek wird es euch gefallen. Und bauen ist gerade günstig!« Der temperamentvolle Werner war gar nicht zu bremsen, uns die Vorzüge von Reinbek zu preisen.

Kucken kann man ja mal …

Aber eilig hatten wir es nicht. Immerhin waren wir in den letzten Jahren reichlich oft umgezogen. Zehn ruhige Jahre, von 1953 bis 1963, lebten wir im Essener Hagelkreuz Nr. 1, im Haus von »Onkel« Heinz, unter einem Dach mit Oma Elli; 1958 kam Corinna dazu in unsere Zwei-Zimmer-Wohnung.

1963 dann der Umzug nach Köln, ins nahe dörfliche Stommeln, zur Miete in ein schönes, modernes Holland-Haus in der Maastricher Straße. 1964 ein Pflichtjahr als BILD-Berlin-Chef – Helmut »allein zu Haus« in einem verlagseigenen Appartement in Kudamm-Nähe an der Damaschkestraße. Mit Wochenend-Ehe in Stommeln.

1965 zurück nach Köln, zur »Neuen«. Doch der Hamburger Bauer-Verlag hatte die Umzugspläne nach Hamburg schon in der Tasche: 1967 ging es mit Sack und Pack Richtung Elbe.

Wir mieteten ein Haus in Ahrensburg. Ruhiges Viertel, altes Ein-Familien-Haus in der Rudolf-Kinau-Straße, großer (1000 qm!) Garten, in dem Oma Elli die Erdbeer-Beete betreute, ich die endlos lange Hecke stutzte, Ruth den Rasen mähte und Corinna die Schulbank drückte. Viel Haus- und Gartenarbeit. Der Eigentümer wollte – »nicht sofort, aber doch demnächst« – verkaufen, Verhandlungsbasis 80.000 D-Mark. Umbauten und Renovierung würden teuer werden. Uns gefiel es in Ahrensburg, nur: Die täglichen Autofahrten in die Redaktion der »Neuen« neben dem »Spiegel« an der Ost-West-Straße in der Hamburger City nervten zunehmend …

Da hatte Werner schon den Reinbeker Acker an der Angel und malte die Bungalow-Neubauten an der Berliner Straße schön.

Kucken kann ja mal …

Die Baupläne gefielen uns. Ein Bungalow in L-Form, zwar ein Reihenhaus, die Gartenterrasse aber durch eine haushohe Wand vor möglichen neugierigen Blicken vom Nachbarn rechts abgeschottet. Ein Bauplatz von 320 Quadratmetern Größe.

Wohnfläche insgesamt 105 Quadratmesser, alles gut »geschnitten«. Wohnraum und Essdiele miteinander verbunden auf großzügigen 44 Quadratmetern; zwei kleinere Kinderzimmer, Schlafzimmer, Bad, Küche, zweites Clo, Garderobe. Mehr Platz hatten wir in Stommeln und Ahrensburg zu viert auch nicht.

Und: Das Haus war voll unterkellert! Da steckte Zukunft drin: Wenn man den tristen Keller ausbaut, lassen sich locker 70 bis 80 Quadratmeter Wohnraum zusätzlich gewinnen.

Was bleibt da noch vom Haus, von dem Ruth und ich träumten: Schöne, alte Reetdach-gedeckte Kate am Waldesrand und See vor der Tür? Die wir mit unseren eigenen Händen ausbauen und gestalten wollten? Die aber auch nicht weit entfernt von einer Großstadt sein sollte ….

Aus der Traum. Alles neu bringt der Mai. Der lässt, 1967, auf sich warten. Lässt 1968 auf sich warten. Schickt viel Papier, Anträge, Antworten, alte Pläne, neue Pläne, Telefonate, Termine, Besprechungen.

Am 7. November (unserem Hochzeitstag!) 1968 sitzen Ruth und ich vor dem Hamburger Notar Dr. Hans Heinrich Nissen in »meiner Gr. Bäckerstr. 7 III. belegten Amtsstube« und lassen uns 13 DIN-A4-Seiten vorlesen: der Antrag auf den Kaufvertrag, der bis Ende November unterschrieben sein muss.

Jetzt wird es ernst: »Der Kaufpreis wird wie folgt aufgebracht: DM 50.000,-- aus einer Ia-Hypothek des Presseversorgungswerk/ Allianz … DM 60,000,-- aus einem Baudarlehen der Gemeinschaft der Freunde Wüstenrot … DM 9000,-- aus Eigengeld … zusammen: 119.000,--.« Punkt. Unterschrift. Siegel.

Nun haben wir, zum ersten Mal in unserem Leben, einen Berg Schulden am Hals, aber die Kreditgeber sind willig – und Zinsen kassieren sie ja auch. Da ich 1968 bei Gruner + Jahr angeheuert hatte und Chefredakteur für die Elternzeitschrift »Es« wurde, blickte ich optimistisch nach vorn: Mit meinem höherem Gehalt würde ich schneller »abstottern« können.

An der Berliner Straße wuchsen derweil die Mauern und bis zum Winter war alles unter Dach. Dann brach ein strenger Winter mit Schneebergen ein, Pause am Bau. Die Hausübergabe im Frühjahr 1969 verzögerte sich.

Der besorgte Werner vom Schaumannskamp tauchte regelmäßig an der Baustelle auf, um Handwerker, die innen im Haus mit Hochdruck arbeiteten, mit heißem Kaffee aufzumuntern.

Dann im Mai die gute Nachricht des Bauunternehmens: »Die Schlüsselübergabe schaffen wir in ein paar Tagen«. Anfang Juni 1968 endlich rollte der Möbelwagen aus Ahrensburg an. Die stämmigen Packer trampelten über lehmigen Boden ins Haus mit dem frisch verlegten Parkett …

Wir hatten ein neues Haus gekauft, schlüsselfertig, die Kaufsumme von 119.000 D-Mark pünktlich überwiesen – aber was bedeutet schon schlüsselfertig?

Noch monatelang wuselten die Handwerker herum, im Haus, vorm Haus, nicht alle hatten sauber gearbeitet, mussten nachbessern. Aber Monat um Monate wurde es wohnlicher im Bungalow Tempelhofer Weg 4.

Auch wir hatten Wünsche, viele Wünsche, Veränderungswünsche. Im Keller ließen wir den Boden im großen Raum unterm Wohnzimmer ausschachten (»unser Partyraum«), damit Normalwüchsige da auch stehen konnten, Außentür und Fenster einbauen und eine Treppe zum Garten. In allen Kellerräumen tauschten wir die bauseitig gelieferten Türen gegen moderne Türen ein. Die nackten, unverputzten Wände verkleidete ich mit hellem Holz – Helmut im Heimwerker-Dauer-Einsatz. Wir wollten es ja wohnlich haben …

Der Garten, eine Brache mit ein paar kümmerlichen Sträuchern und freiem Einblick nach allen Seiten, konnte so nicht bleiben. Aus der Heide rollten ein Dutzend mannshohe Fichten an. Nun konnten wir die im Keller neu eingebaute Sauna nutzen und uns auch im Garten abspritzen, blickgeschützt gegen Nachbarn.

Ein paar neue Möbelstücke musste auch sein, bis alles passend eingerichtet war. Oma hatte ihr Zimmer, Corinna ihr Arbeitszimmer. Und endlich auch einen festen Platz im Sachsenwald-Gymnasium. Der Schuldirektor wollte sie nach Wentorf abschieben, weil in der Französisch-Klasse kein Platz mehr sei. Da hat Ruth mächtig rotiert (»wegen des Gymnasiums sind wir doch nach Reinbek umgezogen!!!«), Einsprüche bis zur Schulbehörde bei der Kieler Landesregierung. Ende gut, Französisch inklusive.

Erstes Durchatmen – und mal Zwischenbilanz machen. Wer baut, sollte nicht zu knapp bei Kasse sein. Auch die Nebenkosten – Notar, Gebühren – schlucken schnell ein paar Tausender. Und dann noch die selbst verursachten Sonderwünsche!

Im ersten Jahr nach Schlüsselübergabe, 1969, schlagen sie mit knapp 18.000 D-Mark zu Buch. 1970 sind es 17.000 DM, 1971 noch 15.000 DM, und 1972 noch einmal 16.000 D-Mark. Ende 1972 hat unser verwirklichter Traum vom schöner Wohnen die stolze Summe von 185.000 D-Mark gekostet.

Und die Kreditzinsen müssen auch noch ein paar Jahre lang bezahlt werden … Da war die Gage des Bauer-Verlages sehr hilfreich, für den ich ab Ende 1969 als Chefredakteur die neugegründete Programmzeitschrift »Fernsehwoche« aufbaute.

Wer des Rechnens noch nicht müde ist: Da kommt noch was nach! In den 80er Jahren bis zur Jahrtausendwende muss gründlich erneuert werden: neue Fenster, neue Bäder, neue Küche, neue

Parkett-Fußböden, neue Heizung, das dritte neue Dach, neue Steinböden im ganzen Keller, neue Gartengestaltung – die hoch gewachsenen Fichten sind in ein paar Nächten Opfer der gefräßigen Sitka-Laus geworden und haben nur noch kahle Stämme und zentnerweise Nadeln hinterlassen.

Bilanz nach bald 50 »abgewohnten« Jahren: 407.000 D-Mark inclusive neuem Mobiliar. Kosten 1969 für das »schlüsselfertige« Einstiegshaus 119.000 D-Mark. Macht zusammen stolze: 526.000 D-Mark.

Seit mit Euro gezahlt wird, fallen bis Ende 2016 noch einmal rund 40.000 Euro an. Alles umgerechnet in Euro: Wir sind bisher mit 300.000 davongekommen. 300.000 Euro plus sind heute der aktuelle Marktwert des Hauses in Reinbek. Ohne Inventar.

Alles in allem: Es ist uns gut gegangen. Geldsorgen haben uns nie gedrückt, es hat immer gereicht, gut gereicht. Und an Reinbek kann man sich gewöhnen, auch wenn immer mal wieder das Fernweh auftauchte. Dagegen gibt's Flugtickets, Züge, Autos. Und vor allem: Menschen im Haus, die sich lieben (von denen, an anderen Stellen, mehr erzählt wird).

Wenn da die Sache »vonne Endlichkait« nicht wäre, die Günter Grass so traurig-schön beschreibt.

Wir waren ja mal vier unter einem Dach, als am Tempelhofer Weg Nummer 4 alles begann.

Als erste zog Corinna aus, erst zum Studium in Bloomington/Indiana, dann ins eigene kleine Appartement in Hamburg, schließlich ins eigene Haus in Alsterdorf. Mit Olaf, dann Julian, dann Feline. Dann ohne Olaf …

Oma Elli fremdelte mit der Welt und allen Vertrauten drumherum und verabschiedete sich 1985 in die Unendlichkeit des Sternenhimmels.

Da waren wir noch zwei.

Dann traf uns diese verdammte, unausweichliche »Endlichkait.« Am 29. Dezember 2010, einen Nachmittag nach ihrem Tod, trugen zwei Männer vom Beerdigungs-Unternehmen Rosemann den Sarg mit Ruth zur Haustür hinaus.

Helmut allein zu Haus.

Nicht ganz. Das Haus ist da. Für uns alle. Mit all unseren Erinnerungen. Mit allem, was wir erlebten und noch erleben. Wir haben ein Zuhause.

Der erste Abschlepper

Ich stehe im Halteverbot,
blockiere die Einfahrt zum Parkplatz

Und dann macht es Pffffffff …

Ein fieser, die Ohren beleidigender Misston. Auf der Armaturenkonsole leuchtet ein Licht: die Batterie! Und verschwindet nicht.

Aha, die ist ja auch schon altersgrau, in die Jahre gekommen wie das ganze Auto. Hat schon einmal gestreikt, ist Jahre her. Da stand das Auto stumm und lichtlos auf einem Behinderten-Parkplatz vor dem Reinbeker Rathaus. Draußen Cats-and-Dogs-Regen, drinnen bald biestig kalt. Es war Winter.

Aber wofür zahlt man treu und brav jährlich seinen Beitrag an den ADAC, für die »gelben Engel« für Autofahrer in Not. Seit 1978 schon, das sind 40 Jahre. 40 Jahre?

Mal schnell im Kopf überschlagen, was der ADAC von mir kassiert hat. Fünfstellig, mindestens 4.000 in D-Mark und Euro. Wohl eher 5.000, denn mein Beitrag liegt seit vielen Jahren bei 90 Euro. Dafür hätte ich einen gebrauchten Mittelklassewagen kaufen können!

 Mir wurde eine goldene Mitgliedskarte als Lohn für Treue ins Haus geschickt. …

Ein einziges Mal seither hat der »Engel« geholfen, als bei dem Schietwetter vorm Reinbeker Rathaus die Batterie schlapp machte. Der ADAC-Helfer war schnell zur Stelle, sagte nach kurzer Prüfung: »Ich habe 'ne neue Batterie im Wagen, soll ich sie einbauen oder soll ich Sie in die Werkstatt abschleppen lassen?« Leichte Entscheidung: »Nein, wenn Sie das hier machen können, bin ich heilfroh.«

Operation Batterie-Wechsel nach einer halben Stunde erledigt. Macht 150 Euro. Cash. Plus Trinkgeld. Der »gelbe Engel« nimmt auch Kreditkarten. Das Auto gurgelt nicht, röhrt nicht, springt sofort an. Fährt. Fährt ganz normal, als wäre nichts passiert,.. Und jetzt steht es.

Es ist kurz nach 17 Uhr, zwei Tage vor Beginn der Sommerzeit in der Nacht zum Sonntag. Noch taghell.

Ich habe in der Bahnhofstraße geparkt, vor der Reinbeker Sparkasse. Ich will noch am Friedhof vorbei, dann nach Hause.

Ich starte den Audi. Da macht es Pfffffff!!! Das Batterie-Signal leuchtet auf. Unter der Motorhaube grollt es leise. Das Batterie-Signal leuchtet weiter.

Was tun? Die dickleibige Betriebsanleitung raussuchen? Dauert ewig, bis man da das Problem einkreist. Ist nur die Batterie leer, empty, wie in Juli Zehs Roman »Leere Herzen«? Oder hat die Lichtmaschine einen Knacks?

Mir fällt ein, dass die Batterie noch ein gutes Stück weit die ganze Stromversorgung des Autos versorgt, ehe sie völlig leer ist. Dann ist wirklich zappenduster. Dann geht nichts mehr.

Losfahren oder gleich den ADAC anrufen?

Ich parke nicht gut vor der Sparkasse. Und es ist ja noch hell. Ich fahre los.

Die Batterie leuchtet immerzu, unter der Haube röhrt es leise.

Ich fahre die Bahnhofstraße hoch, an der Eisdiele vorbei, biege vor dem Altersheim Kursana nach links ab, an der Feuerwehr vorbei, die Klosterbergenstraße hoch, rauf auf den Parkplatz des Friedhofs. Und denke: »Den Rest nach Hause schafft der Wagen auch noch, dann rufst du den ADAC. Und wenn ich vor der Friedhofs-Kapelle stehen bleibe, es geht auf 18 Uhr zu und das Friedhofstor wird schlie0en, dann lässt du den Wagen da, geht den Rest zu Fuß und rufst am nächsten Morgen den ADAC.«

Ich verabschiede mich von Omas Grab, steck den Zündschlüssel ins Schloss, starte. Geht doch. Fährt doch! Das Batterie-Warnlicht leuchtet. Unter der Haube leise Grollen.

Klosterbergenstraße. Rechts ab. Das Auto fährt. Dann ein langes Stück geradeaus. Dann links, dem HVV-Bus 136 nach. Das Auto fährt. Abbiegen nach links auf die Berliner Straße. Vor mir das sanierte Hochhaus, das vor ein paar Jahren in Flammen stand und alle Bewohner evakuieren musste.

Jetzt nur noch bis zur Ecke Bogenstraße, dann ist es geschafft. Dann kann der ADAC kommen.

Im Schatten des Hochhauses macht es weder Pffffff noch röhrt da was im Motorraum. Das Auto steht. Es bewegt sich keinen Millimeter weiter. Die Batterie-Leuchte flackert nicht mehr.

?????????????

Ich stehe gut einen Meter vom Gehweg entfernt. Im Halteverbot. Blockiere die Einfahrt zu den reservierten Parkplätzen rechts hinterm Bürgersteig. Wenn jetzt noch der nächste Bus von hinten kommt!!!

Mein Blutdruck steigt. Ich versuche, den schweren A6 zu schieben, schalte auf »N«, auf Leerlauf. Nichts bewegt sich.

Zwei Frauen, solides Mittelalter und gut eingehüllt, die ihr Auto nicht einparken können, weil ich ihre Zufahrt blockiere, blicken mich freundlich-grienend an: »Sie brauchen wohl Hilfe?!«

Und ob! Ich drehe und drehe und drehe am Steuerrad, die Damen drücken von hinten. Nach gut zwei Metern ist es geschafft. Das Auto steht ein bisschen schräg, aber nahe am Gehweg. Der Bus kann vorbei, die Damen können auf ihren Parkplatz.

Danke!

Ich versuche noch im Auto, mit dem iPhone, den ADAC zu erreichen. Kriege ihn auch nach langer Warteschleife. Soll die »1« tippen, um mit dem Pannenhelfer zu sprechen. Das klappt nicht. Das Menü mit den Rufnummern bleibt dunkel, reagiert nicht. Sch ….

Ich laufe nach Hause, telefoniere vom Festanschluss mit dem ADAC, schildere das Problem, sage ihm meine Kartennummer (»Sie haben ja eine goldene Karte!«). Die zentrale Auskunft verspricht, innerhalb der nächsten Stunde vor Ort zu sein. »Warten Sie ruhig zu Hause, wir rufen vorher an.«

Ich warte. Hab Hunger, esse ein Brot. Kontrolliere meinen Blutdruck, ganz schön geklettert, über 90, wo der Herzschrittmacher sonst bei knapp über 60 den unteren Wert anzeigt. Trink zur Beruhigung zwei Becher Fenchel-Tee.

Und warte. Es ist dunkel geworden. Schon fast 19 Uhr. Ich rufe noch einmal den ADAC an. »Da muss eine Panne passiert sein. Der Kollege war vor einer halben Stunde da und hat Sie nicht angetroffen. Hat er Sie am Telefon nicht erreicht?« Hat er wohl nicht, obwohl ich unruhig vor zwei Telefonen saß. »In einer halben Stunde ist jemand da!« ermutigt die Zentrale.

Ich binde mir einen warmen Schal um, ziehe meine dickste Jacke an und gehe zum Auto. Das steht inzwischen mutterseelenallein im Halteverbot. Ich setze mich ans Steuer, versuche noch mal zu starten. Nichts geht mehr, nur ein leichtes Röhren beim Startversuch.

Ich sitze am Steuer und friere. Und warte. Endlich, der Anruf auf dem Handy: »Ich bin gleich da. Wo genau finde ich Sie?«

Der Pannenhelfer kommt mit seinem gelben Einsatzwagen. Hat Messgeräte dabei. Die Batterie ist leer, komplett leer. »Die Lichtmaschine ist wahrscheinlich kaputt oder der Generator. Der Wagen muss in die Werkstatt. Ich kann Sie auch nicht bis an Ihre Garage ziehen.«

»Aber ich kann das Auto doch nicht hier stehen lassen!«

»Ich bestelle den Abschleppwagen. Gehen Sie ruhig nach Hause. Der Fahrer ruft Sie an. Das wird eine gute Stunde dauern.« Der ADAC-Mann will mich nach Hause fahren. »Danke, nicht nötig. Ich wohne ja hier vorne. Ich laufe.«

Es dauert bis halb Zehn, dann ist der Abschlepper da. Ein Bär von Mann, ohne Beifahrer. »Ich schaff das allein.« Dreht solange am Steuerrad des Audis, bis er ihn in der richtigen Position zur ausgefahrenen Rampe seines Schleppers stehen hat. Dann verbindet er mit einem Seilzug Audi und Schlepper und zieht meinen Wagen langsam hoch. Sichert alles ab, füllt ein paar Formulare aus, bittet um meinen Autoschlüssel. »Sie müssen nicht mitfahren, ich kenne mich in der Werkstatt aus. Die Papiere gebe ich dem Nachtportier.«

Ich bin durchgefroren und froh, dass mir die nächtliche Fahrt zu Auls in Glinde erspart bleibt. 20 Euro Trinkgeld steckt der Fahrer dankbar lächelnd in die Tasche.

Der Meister von Auls meldet sich an nächsten Vormittag. »Der Generator ist kaputt. Kostet alles in allem 1100 Euro. Am Montagnachmittag können Sie den Wagen wiederhaben.«

Auf Auls ist Verlass. Gut und teuer. Der Audi steht, auch noch frisch gewaschen, in der Parkbucht. Und fährt. Als wäre nichts passiert. Auf der Armaturen-Konsole leuchtet kein Batterie-Warnlicht. Es röhrt nicht unter der Haube. Der Motor brummelt gesund wie immer. Alle Lichter, die zu leuchten haben, blinken.

Eine Pointe gibt es noch: Beim Abrechnen bei Auls an der Kasse fehlt mein Kfz-Schein. Zwei Damen und ein Vertreter des Meisters suchen verzweifelt alle Unterlagen durch, finden nichts. Auch im Auto ist der Schein nicht.

»Ich fahr dann schon mal ohne los. Wird ja nicht gerade jetzt eine Polizeistreife kontrollieren.«

Am später Montagnachmittag ein Anruf auf meinem Handy: »Wir haben den Kfz-Schein gefunden. Der Chef, der heute Urlaub machte, hatte ihm einem Kollegen gegeben und der hat ihn in die falsche Mappe abgelegt!«

Sicherheitshalbe habe ich den abgegriffenen Kfz-Schein aus dem Jahre 2002 mit all seinen Prüfstempeln des TÜV bis 2019 kopiert. Man weiß ja nie was noch kommt …

Die erste Gruppenreise

Karl-Hugos »Schnäppchen«
eine Rundfahrt im modernen Bus

Karl-Hugo, mein treuer Freund aus langen gemeinsamen sonnigen und schattigen Lebensjahren, rief an: »Helmut. Ich hab ein Schnäppchen für uns!«

Wenn Karl-Hugo »Schnäppchen« sagt, meint er Reise-Schnäppchen, irgendein interessantes Ziel irgendwann demnächst, wenn wir uns mal wieder für ein paar Tage im Jahr treffen, wie es Tradition war, als wir uns noch mit unseren Frauen zusammen waren.

»Schnäppchen«-Karl-Hugo hatte in einem Lidl-Katalog ein Angebot entdeckt. »Eine Woche, sehr preiswert, Flug, 4-Sterne-Hotels, Frühstück und Abendessen, Rundfahrt im modernen Bus durchs Land. Du fliegst von Hamburg, ich von Köln, wir treffen uns in Tirana.«

»Tirana? Albanien? Da gibt es doch ständig Ärger mit den …«

»…Albaner-Banden. Ja, in Deutschland, nicht in Albanien! Das ist ein wunderschönes kleines Land am adriatischen Meer gegenüber Italien. Wird dir gefallen.«

»Und die ganze Zeit im Bus? Unter lauter Grauköpfen, morgens, mittags, abends Rentner! Wir waren doch immer nur mit unseren Frauen unterwegs, und später wir beide …«

»Rentner sind wir jetzt auch. Und die Reisegruppe besteht nicht nur aus Rentnern, die ist sehr gemischt. Ich kenne das, sind nette Leute dabei. Wirst du sehen.«

Karl-Hugo kennt sich wirklich aus, ist viel rumgekommen in der Welt. Ich sage Ja zum Abenteuer Gruppenreise Albanien.

Als ich »Pimpf« war – so hießen wir Jungs im braunen »tausendjährigen« Reich des »Gröfaz« (»Größter Führer aller Zeiten«) Adolf Hitler im Nazi-Reich zwischen 1933 bis 1945. »Pimpf« sein bedeutete: Marschieren in Gruppen. Reisen, wenn überhaupt, in Gruppen. Im Gleichschritt marsch. Immer ein linientreues Lied auf den Lippen. Lautstark vor allem: »Wir werden weitermarschieren, bis alles in Scherben fällt ...«

Das tat's denn auch.

1945. Im Mai, als der wahnsinnige Krieg endlich zu Ende war. Angesichts zerbombter Städte, Millionen Vertriebener und Flüchtlinge, angesichts von 60 (!) Millionen Weltkrieg-II-Toten tasteten wir uns unsicher in die ungewisse Zukunft.

Nie wieder im Gleichschritt.

»Gruppa« war out. Eigeninitiative top. Aber Reisen, um die Welt kennenzulernen, war in den ersten Nachkriegsjahren vor allem Wunschtraum. Um ein paar Ecken kam man im Ruhrgebiet, mit Bummelzügen in überfüllten Waggons – zum Kartoffel-Hamstern bei Bauern im Westfälischen. Oder mit der Straßenbahn an den Essener Baldeneysee – Fußmarsch inclusive. Ohne Gleichschritt. Mit Thermosflasche mit heißem Kaffee und selbst gebackenem Streuselkuchen zum Betriebs-Ferienheim der Straßenbahner.

Deutsche im Ausland? Nicht willkommen. Wenigstens an der niederländisch-deutschen Grenze bei Venlo gab's geschäftstüchtige Holländer, die Butter verkauften. Und ein Koppje Koffie dazu.

Europa war eine geschlossene Gesellschaft – die Deutschen bleiben draußen vor der Tür. Es dauerte Jahre, bis sich der Kontinent wenigstens in Westeuropa öffnete und die Grenzzäune fielen – die heute für Flüchtlinge und Asyl-Suchende wieder hermetisch geschlossen sind ...

Wir träumten von fernen Zielen und blieben in der Nähe. Auch am Rhein ist es schön, wenn vom Loreley-Felsen Heinrich Heines »Ich weiß nicht, was soll es bedeuten ...« erklingt. Und in der – damals – einsamen Weißen Düne der Nordsee-Insel Norderney liegt das Gute nah, wenn die heiße August- Sonne die nackte Haut umschmeichelt. Oder der kleine Dampfer bei einem Abstecher nach Helgoland bei Windstärke 6 uns ordentlich durchschüttelt. Und die Gulaschsuppe über die Bordwand klatscht …

Die im anderen Deutschland lebten, das ab 1949 Deutsche Demokratische Republik, kurz DDR, heißt, haben da schon bittere Erfahrungen gemacht, was kommunistische Machthaber in Moskau und Ost-Berlin unter Reise-Freiheit verstehen. Ab 1951 wird die deutsch-deutsche Grenze, die von Mecklenburg-Vorpommern, Brandenburg, Sachsen-Anhalt, Thüringen bis Sachsen verläuft, zugesperrt, im August 1961 das Schlupfloch Berlin zugemauert.

Die Deutschen richten sich ein, die im Westen, verstärkt um Millionen Vertriebener aus Schlesien, Ostpreußen und Pommern, in deren Städte und Dörfer polnische Zuwanderer einziehen. Die im Osten haben kaum Chancen rauszukommen. Und alle haben genug damit zu tun, ihre in sechs Kriegsjahren verwüstete Heimat aufzubauen.

Aber träumen wird man doch dürfen. Träumen von anderen Ländern. Träumen von Städten, aus denen Zeitungen berichten: Paris, London, Rom, und ganz weit weg New York. Oder im Osten auch Prag, Warschau, Moskau. Da will man doch auch mal hin. Irgendwann werden wir das schaffen. Irgendwann werden sich Grenzen öffnen.

Sie öffnen sich 1955 – nicht für Deutsche, aber für Italiener, die in Westdeutschland arbeiten wollen. Die Bundesregierung hat mit der italienischen Regierung ein Abwerbabkommen für »Gastarbeiter« unterschrieben. Das Wirtschafswunder bahnt sich an, Arbeitskräfte werden dringend gebraucht. Die haben es bei den Deutschen zunächst nicht leicht, sind eher Fremd- als Gastarbeiter, hochnäsig »Itaker« genannt. Aber die Söhne aus »bella Italia« sind zäh und fleißig und bringen ihre eigene Kultur ein. Bald auch ihre Frauen und Kinder.

Und ihre fahrbaren Untersätze. Zum Beispiel die Lambretta, ein formschöner blutroter Motorroller noch mit Kickstarter, den man mehrmals kräftig mit dem rechten Fuß durchtreten musste, ehe er losknatterte. Gebraucht gekauft von einem in Essen heimisch gewordenen Süditaliener. Cash für hundert Mark. Mit 60-km/h-Spitze ein paar Jahre allzeit fahrbereit für Touren über Land, mit Ruth als Sozius.

Und die Speisekarte wird vielseitiger. Plötzlich gibt es nicht nur den traditionellen Pfannkuchen aus der gusseisernen Pfanne, sondern platt gewalzte Pizza in der Pizzeria, wie die Eckkneipe jetzt heißt und der Pizza-Bäcker fröhlich singend seine kreisrunden Köstlichkeiten in allen Geschmacksrichtungen und Größen serviert. Spaghetti erobert den deutschen Mittagstisch.

»Abends mal eben zum Italiener essen« – es läuft gut für Deutsche und Italiener, und in ihre Landessprachen mischen sich bald immer öfter deutsche und italienische Vokabeln. Worte, die klingen wie ein Halleluja in Händels »Messias«-Oratorium.

Die Gastarbeiter aus dem südlichen Sonnenland sind ihre besten Propagandisten für die Deutschen, die Appetit auf Italien haben. Auf Strand und Mittelmeer und die Leichtigkeit des Seins.

Und fahren hin.

Im Auto, jetzt im eigenen Wagen. Für Italien darf es ein Fiat 1500 sein. Ein Designer-Meisterstück und schnell, nur bei schwülfeuchtem Wetter an Rhein und Ruhr mit empfindlichen Zündkerzen, die dann gern stottern, aber Italiens Sonnenwärme umso mehr schätzen. Mit Oma und Kind ab an die Adria. Riccione. Mentzels aus Kassel sind dazu gestoßen, auch sie stehen auf Italien.

Der erste Auslands-Urlaub. Neugierig auf Land und Leute. Ein schönes Land, auch jenseits der weißen Strände, sonnenüberflutet. Und überall nette, freundliche Menschen. Italien-Reisender Goethe schwärmte schon 1786 in höchsten Tönen.

Europa öffnet sich, kein Visa-Zwang mehr, freie Fahrt – zumindest Richtung Süd, West, Nord. Wir genießen die Freiheit, die wir Schritt für Schritt, Land für Land erobern. Paris – muss man per pedes an den Fußsohlen spüren – und die Speisekarte rauf und runter probieren. Auch wenn sich hinter der wohlklingenden in Silberpapier ummantelten »Papillon« eine simple Leber verbirgt, die Ruth mir dankend dezent zuschiebt …

Frankreich mit der wilden Bretagne und der blutgetränkten

Normandie, wo am D-Day, mit der Landung alliierter Truppen, das Ende des Hitler-Reichs begann – Zehntausende schlichter Kreuze auf den Friedhöfen des Küstenstreifens erinnern an den Blutzoll, den vor allem Amerikaner für Europas Freiheit zahlten.

Der kühle Norden hat uns immer gereizt. Das quirlige, wonderfull Kopenhagen, das offene Schweden, Norwegen mit seinen tiefen Fjorden. Und Finnland bis zum Polarkreis, wo kapitale Elche unserem Volvo den Weg versperren und uns nach Stunden auf einer Schotterstraße ein einsamer Skiläufer (auf Rollen) begegnet. In Island sitzen wird stundenlang mit dem Mietwagen in einem Bach fest – der nächste Bauernhof ist Kilometer entfernt.

Dienstfahren sind hin und wieder auch drin. Brasilien mit Journalisten-Kollegen, lange vor der Fußball-WM, noch in der Militär-Diktatur. Ein paar Tage gemeinsam in Moskau mit Fritz Pleitgen, damals Fernseh-Korrespondent der ARD. Man braucht ein Visum, muss viel Papier unterschreiben (und im Hotel das Handtuch der Etagen-Wächterin abliefern), aber in der Hauptstadt des Sowjet-Reichs kann man sich frei bewegen. Sogar einen Mietwagen können wir fahren, müssen aber nachts die Scheibenwischer abmontieren und im Auto verstecken …

Da ist Amerika schon großzügiger. Ein klassisches Reiseland, Überall an der Strecke Motels und Inns, wechselnde bequeme Autos. Ein paarmal sind wir »drüben«, allein 6000 Miles von der Ost- zur Westküste, von New York bis Los Angeles und San Francisco. An den Niagara-Fällen im Norden und im tiefen Süden bis ins schwarze New Orleans. Freunde fanden wir auch, Jo und Sol in Indiana, Leni und Stan in Miami, die Flachmeyers in Virginia, Uwe in Los Angeles. die uns ihr aufgeschlossenes Amerika näher brachten.

Abenteuer Reisen – man lernt eine Menge, wenn man – mehr oder weniger – alles selbst organisiert und sich vorab über Land und Leute informiert. Und sich ein paar gängige Sprachbrocken in jeder Landessprache einprägt oder die kargen Englisch-Kenntnisse auffrischt. Den Jungen mit langjährigem Sprach-Stress in der Schule geht es da besser.

Als sich der Osten – noch in der Zeit des Eisernen Vorhang, der Ost- und Westblöcke trennte – sich für West-Besucher öffnete, haben wir Budapest und Prag besucht. Und sind im Auto von Danzig über Warschau bis Krakau ins Riesengebirge gefahren. Und haben die Heimat meines Vaters in Ostpreußen kennengelernt: Bürgerdorf bei Alleinstein, nicht weit entfernt von den traumhaften Masurischen Seen, wo Siegfried Lenz die liebevollen Geschichten von seinem »zärtlichen Suleiken« weltberühmt machte.

In unserem Suleiken trafen wir Paula, die Schwägerin meines Vaters, der die neuen polnischen Eigentümer eine bescheidene Kate überlassen hatte. Dort lebte die 80-Jährige allein in ihrem Zimmerchen, mit ihren Entchen, eigenem Brunnen und offener Feuerstelle. Einziger Wandschmuck ein großes Plakat der Jungfrau von Tschenstochau, die von allen polnischen Katholiken verehrt wird. Auf dem Tisch lag, aufgeschlagen, eine alte deutsche Bibel. Zwei Betten in der Stube, prall gefüllt mit Gänsefedern – ein Bett hat sie nie wieder benutzt, seit ihr Ehemann, ein Bruder meines Vaters, sie verlassen hatte, um im Westen Deutschlands zu leben. Zum Abschied schenkte sie uns ein Päckchen Kekse. »Sind aus dem Reich« – sie waren so alt wie das untergegangene Dritte Reich ...

Unvergessen die Begegnungen mit Menschen in Israel, wo wir gleich dreimal waren. Im Sinai an der Nordgrenze Ägyptens halten nachts schwer bewaffnete Soldaten Wache vor unserem Motel, und bei Sonnenaufgang weckt uns mit lautem Ruf ein Muezzin ... Yad Vashem, die Holokaust-Gedenkstätte in Jerusalem, geht unter die Haut. Die Namen von vier Millionen der sechs Millionen ermordeter Juden sind hier registriert, zwei Millionen Seiten mit Zeugenberichten dokumentiert, und während wir uns durch eine stockdunkle Halle tasten, wo die fast blinde Ruth von der Menschenmenge abgedrängt wird, ertönen über Lautsprecher die Namen ermordeter Opfer des Nazi-Terrors ...

*

Wer reist, lernt viel von dieser Welt, die schönen Seiten, die schrecklichen auch. Es gibt noch viele weiße Flecken zu entdecken rund um den Erdball: Australien, der Ferne Osten, Afrika. Man braucht mehr als ein Leben.

Eins haben wir noch zu Lebzeiten. Nach unserer ersten Gruppenreise durch Albanien hat es »Schnäppchen«-Sucher Karl-Hugo im Sommer 2018 bei Nachbarn in Osteuropa aufgespürt: Siebenbürgen, einst die Heimat von einer halben Million Deutscher in Rumänien. Nach Kriegsende »ausgesiedelt«, vertrieben. Nach dem Zusammenbruch des Kommunismus in den 90er Jahren ist der Westen Deutschlands begehrtes Ziel deutschstämmiger Rumänen. In Hermannstadt, jetzt Sibiu, mit hunderttausend Einwohnern Zentrum Transylvaniens und europäische Kulturhauptstadt, leben noch knapp 10.000 Deutschstämmige. Mit deutscher Bücherei am großzügigen Marktplatz und eigener Tageszeitung.

Karl-Hugo hat noch mal »Gruppa« gebucht, Rundfahrt im vollklimatisierten Reisebus, der uns auf gut ausgebauten Straßen kreuz und quer durchs Land schaukelt. Stationen in Burgen (bei Dracula), Schlössern, Kirchen. Mit Orgelkonzert und Pferdekutschen zur uralten Dorfkirche. Mit täglichen Wanderungen, hügelaufwärts und –ab, auf Kopfsteinpflaster und auf sperrigen Waldpfaden. Bei 30 Grad im Schatten und gnadenloser Sonne – ein Härtetest für zwei Grauköpfe der obersten Altersklasse. Mit Wecken um 7 Uhr früh und Heimkehr im Hotel nach 19 Uhr. Jede Nacht eine andere Herberge, jede Nacht ein anderes Bett, aber wenigstens Einzelzimmer. Mit opulentem Frühstück und regionaltypischem Abendessen, Folklore-Musik und Gruppentanz inclusive. Und meist nette Mitreisende an Bord, junge auch, betagte in der Überzahl

»Karl-Hugo, wollen wir demnächst nicht mal wieder alleine los? Keine Berge, keine Kirchen, keine Schlösser, keine Museen, keine Burgen. Vielleicht mit 'nem Schiff? Eine Flussschifffahrt? Rhein, Mosel oder Elbe?«

Karl-Hugo sammelt schon Reiseprospekte.

Die erste Rede

Im Hotelzimmer übte ich
vorm Spiegel meinen Text

Da musst du 59 Jahre alt werden, und dann musst du zum ersten Mal in deinem Leben »in die Bütt«!

Die »Bütt« ist ein schlichtes Stehpult auf der schmalen Bühne im großzügigen Foyer des Berliner Axel-Springer-Verlagshauses an der Kochstraße. Bei Veranstaltungen werden bis zu 600 rotweinrote schmale Sessel reihenweise zusammengeschoben. Körperkontakt ist angesagt für alle Gäste, die einen Sitzplatz haben. Die vorderen Reihen sind reserviert für VIPs, die very important persons. In den Fluchtgängen links und rechts und am Eingang muss stehen, wer zu spät kommt.

Wenn die Programmzeitschrift HÖRZU zur Goldenen Kamera einlädt, ist das Haus voll, rappelvoll. Die Kamera ist begehrt, sie hat einen glanzvollen Namen, gilt bei Fernsehschaffenden im Land als deutscher Oscar. Und wird auch von ausländischen Stars gern genommen.

Meine erstes Kamera-Fest, das ich als HÖRZU-Chefredakteur mitverantwortete, liegt drei Jahrzehnte zurück. Kein Vergleich mit den 90er und folgenden Jahren, als die Goldene Kamera im Konzerthaus am Berliner Gendarmenmarkt und in den Ullstein-Festsälen stattfand: Live bei ARD oder ZDF als große Fernseh-Show mit enormem Aufwand und Personal. Und die auch nicht mehr HÖRZU-Kamera heißt, sondern als Fernsehpreis der Zeitschriften von Funke Media gefeiert wird, nachdem Springer die altgediente HÖRZU an den Essener Verlag verkaufte.

»Unsere« Kamera war noch hausgemacht. Nicht bieder, schon sehr modern und ideenreich. Vor allem bescheidener.

Ein kleines, hoch qualifiziertes Redaktionsteam wählte in vielen kontroversen Konferenzen das gute Dutzend Frauen und

Männer aus, von denen wir glaubten, dass sie als Darsteller oder Filmemacher die überzeugendste Leistung des abgelaufenen Jahres geboten hatten. Für jeden Auszuzeichnenden suchten wir einen passenden »Paten«, der die Laudatio hielt. Vom stilsicheren Fernsehkritiker Karl-Heinz Mose pointiert auf den wesentlichen Punkt geschrieben. Dazu gab's kurze Filmausschnitte, die uns Profis vom Fernsehen zusammenstellten. Für die Berichterstattung am Tag danach schnitten sie eine halbe oder dreiviertel Stunde Sendezeit zusammen. Gute Werbung für HÖRZU, für die wir dankbar waren.

Und viel nervende Arbeit für die Redaktion, viel mühevolle Organisation, viele Helfer, bis endlich der Festabend beginnen konnte.

Meine Premiere war am 18. Februar 1988, ein Donnerstag. Ehefrau Ruth hatte mich neu eingekleidet: »Ein neuer Smoking ist ohnehin mal fällig, aber nicht schwarz.« Also elegant nachtblau. »Aber bitte keine Fliege!« »Doch, muss sein.« Also Fliege, blau mit Silberstreifen. Und Schuhe? »Ja, auch Schuhe.« Italienisch. Schön teuer.

»Fahr doch mit.«

»Nee, das ist dein Job. Deine Rede ist gut. Du schaffst das.« Die Ostberliner Physikerin Angela Merkel und ihr »Wir schaffen das« kannte – 1988! –noch keiner im Verlagshaus unmittelbar neben der Berliner Mauer, der gehassten Schandmauer.

Ein paar gute Ratschläge gab mir meine Ehefrau und erfahrene Lehrerin, die im Reden vor ihren Klassen gut trainiert war, mit auf den Weg: »Guck den Leuten unmittelbar vor dir beim Reden in die Augen. Starr nicht nur verkrampft auf dein Manuskript. Beweg dich. Sprich nicht so schnell. Mach Pausen. Knödel nicht, und sprich deutlich.«

»Ja.«

Es gab Tage in meinem Leben, an denen ich mich wohler fühlte. Im Hotelzimmer übte ich vorm Spiegel noch ein paar Mal meine Fünf-Minuten-Rede, kam mir dabei reichlich dämlich vor, beruhigte meinen Pulsschlag. Dann – eine Stunde vor

Beginn der Veranstaltung – letzte Regie-Gespräche im noch leeren Foyer des Verlages.

Alles sieht gut aus. Alles wird gut.

Gäste am Eingang begrüßen. Freundlich lächeln. Immer lächeln. Dann ab 18.45 Uhr: »Bitte Platz nehmen«. Als Chefredakteur darf ich nicht untertauchen in der festlich gekleideten Menge, muss auf meinen Platz in der ersten Reihe. Neben Peter Tamm, dem Vorstandschef von Springer, und Friede Springer, der Witwe des 1985 verstorbenen Verlegers Axel Springer; links und rechts die Kamera-Preisträger des Abends.

»Admiral« Tamm, dem Freizeit-Beschäftigung mit seiner privaten wachsenden Schiffssammlung tausendmal lieber ist als der berufsbedingte öffentliche Auftritt, muss als erster in die »Bütt« und tief eintauchen ins bedeutungsvolle Medium Fernsehen. Hält tapfer lange zehn Minuten durch. Starke Beifall.

Dann die Ansage: »Und nun spricht zu Ihnen der Chefredakteur von HÖRZU, Helmut Reinke.«

Jetzt locker vom Hocker, tief durchatmen, sportlich-locker ans Stehpult. Freundlicher Begrüßungsbeifall für den »neuen, erfahrenen HÖRZU-Chef«, wie ihn Tamm vorgestellt hatte. Freundlich lächeln in die Gesichter der ersten Stuhlreihe.

»Signora« (*Blickkontakt mit Guiliana de Sio, der Hauptdarstellerin in »Allein gegen die Mafia«*).

»Ladies und gentlemen« (*Blick auf Hollywoodstar Kirk Douglas mit Ehefrau und Himalaya-Filmer Sir Edmund Hillary*).

»Meine Damen und Herren« (*Blickkontakt mit Friede Springer und Peter Tamm – so viel Anbiederung darf sein ... Tief durchatmen*).

»Wenn Sie zu den Frühaufstehern gehören (*Pause*), konnten Sie heute Morgen ab sechs Uhr in der ARD Olympia einschalten oder sich von SAT 1 einen »Guten Morgen« wünschen lassen. Und in dieser langen Nacht, die vor uns liegt (*Pause*), können Sie, wenn Sie wissen wollen, wie es in Calgary um Gold, Silber und Bronze steht, beim ZDF reinschauen. Es ist durchgehend geöffnet bis fünf Uhr früh!«

»Fernsehen im 23. Jahr der Goldenen Kamera von HÖRZU: Das ist Fernsehen fast rund um die Uhr.« *(Mit Peter Bachér, meinem langjährigen Vorgänger und jetzt HÖRZU-Herausgeber, hatte ich abgesprochen, dass er eine Hand hebt, wenn ich zu schnell spreche. Ich sehe, er sitzt auch in der ersten Reihe, wie er die Hand hebt – also mach Pause!).*

Ich will nicht meine ganze Rede zitieren, in der ich 1988 Bilanz zog über den beginnenden Wandel der Fernseh-Landschaft: Das öffentlich-rechtlichen TV verliert seine Alleinstellung, die Konkurrenz privater Anstalten wächst. »Als 1966 der deutsche Oscar für herausragende Leistungen im deutschen Fernsehen zum ersten Mal verliehen wurde, war der tägliche Programmtisch noch sparsam gedeckt. 21 Stunden bei ARD und ZDF – und abends um halb elf war Sandmännchen-Zeit für die ganze Familie« *(Lachen im Publikum).*

Eigenlob für HÖRZU darf sein, die »als ehrlicher Makler zwischen Sendern und Zuschauern nicht nur umfassend informieren, sondern *(Blick auf Zuhörer – und tief durchatmen)* im Meer der Fernsehbilder auch die Leuchtfeuer finden will, zu denen wir einmal im Jahr sagen dürfen: Das war Gold!« Danke.

Gut gebrüllt, Löwe. Kurve gekriegt. Sympathischer Beifall. Premiere geschafft. Ein paar freundlich-anerkennende Blicke von links und rechts der VIPs. Die unterhaltsame Preisverleihung läuft professionell über die Bühne. Auch die lange Nacht mit gut gelaunten Gästen danach im Presseclub im 18. Stock des Verlagshauses mit Blick auf die hässliche Mauer.

Bei meiner zweiten Kamera, im Februar 1989 – neun Monate vor dem Mauerfall in Berlin –, machte mir mein Part vor dem HÖRZU-Highlight nur noch wenig Herzklopfen. Nach der Eröffnungsrede von Peter Tamm (er starb im Dezember 2016 im Alter von 88 Jahren) hatte ich die Preisträger vorzustellen, die es bei der HÖRZU-Leserumfrage »Wer war der beste Sport-Reporter?« aufs Sieger-Treppchen schafften: Bronze, Silber, Gold. Das war locker zu moderieren, nicht nur angebunden ans steife Stehpult mit Redemanuskript, sondern mit viel Bewegung auf

der Bühne. Mit einem Goldstück als Nummer eins der Preisträger: Sportreporter-Legende Harry Valerien.

Danach war bald Schluss mit HÖRZU, der sympathischen
Programmzeitschrift für die ganze Familie: Nach dem Mauerfall im November 1989 beauftragte mich Springer, im Osten
beim Neuaufbau demokratischer Zeitungen zu helfen. Nur einmal noch habe ich, in Dresden, vor 800 Zuhörern eine lange
Rede halten müssen. Über Journalisten und die innere Einheit
Deutschlands. Das gefiel mir, denn auch ich wollte, dass wir im
Osten mit der Wiedervereinigung »keine Bauchlandung machen, sondern stabile Fahrgestelle bauen«.

Im Übrigen hatte ich als Journalist zu Vielrednern ist meinem
Berufsleben immer ein distanziertes Verhältnis. Die reden und
reden, bevor sie denken – und dann doch nichts sagen. Da bin
ich froh, dass es noch eine andere Variante gibt: schreiben. Und
mal die Klappe halten.

Und wenn schon reden, dann wenigstens das, was man selbst
geschrieben hat. Wie meine erste Rede …

Der erste Herzschrittmacher

Klein wie Opas Taschenuhr
und nur sieben Gramm schwer

Der Anruf kommt um zwölf Uhr mittags.

Es ist Freitag, ein bisschen geschäftige Hektik noch vor dem nahenden Wochenende.

Am Telefon meldet sich eine sympathische Frauenstimme: »Herr Dr. Aydin möchte Sie sprechen. Ich verbinde.«

Dr. Ali Aydin, der Arzt. der mich zwei Tage zuvor auf Herz und Nieren untersucht hat, Chefarzt der kardiologischen Abteilung des St. Adolf- Stiftes, unseres Reinbeker Krankenhauses.

Meine Hausärztin, die Internistin Dr. Ute Hattendorff, die mich seit vielen Jahren betreut, hatte mich in die Klinik überwiesen, zum ambulanten Bodycheck. »Langzeit-EKG, Ultraschall, Blut- und Zuckerwerte und so weiter – die haben im Krankenhaus mehr Möglichkeiten als ich in meiner Praxis.«

So richtig wohl in der Magengegend ist mir nicht, als ich die Stimme des Herz-Spezialisten am Telefon höre: »Herr Reinke, ich habe gerade Ihre Untersuchungsergebnisse auf dem Tisch …«

Pause.

»… und die gefallen mir gar nicht.«

Pause.

»Die Werte für die Nacht vor allem machen mir Sorgen. Ich hätte Sie gern zur Sicherheit zwei, drei Tage bei mir, um noch mehr Klarheit zu haben. Auf der Station ist ein Bett frei.«

»Aber«, stottere ich, »das Wochenende steht vor der Tür. Da sind Sie doch …«

»Wir sind immer da.«

Pause.

»Wann, Herr Doktor Aydin, soll ich kommen?«

»Sofort!«

Ich schlucke: »Okay, dann nehme ich ein Taxi und bin in einer Stunde da.«

Einen Notfallkoffer habe ich ohnehin immer gepackt im Schrank. Kabel fürs iPhone nicht vergessen. Ein Päckchen Kekse (Krankenhäuser haben strenge Verpflegungszeiten!) für den Notfall. Zigaretten? Ich verstecke eine Schachtel (absolutes Rauchverbot im Adolf-Stift) im Koffer, vielleicht kann ich mal mit 'ner Dunhill-Pause in den Krankenhaus-Park flüchten …

Die freundliche Dame in der Klinik-Aufnahme hatte meine Unterlagen schon vorbereitet. Ich bin Privatpatient, Chefarztbehandlung, Zwei-Bett-Zimmer.

»Ist auch noch ein Einzelzimmer frei?«

»Nein, in der kardiologischen Abteilung ist alles voll.« Also Zwei-Mann-Zimmer.

Mein Mitpatient ist ein pensionierter Pastor, der schweigend im Bett liegt. Er klagt über Luftmangel.

Ich werde verkabelt, mit einem Monitor verbunden, der ab jetzt meine Herzschläge aufzeichnet. Ende der Bewegungsfreiheit. Mit dem heimlichen Rauchen im Park wird wohl nichts.

Ich liege im Bett, beobachte den Pastor und fühle mich besch … Ich hatte auch schon mal ruhiger geatmet.

Eine Schwester in Weiß kümmert sich um den Pastor, setzt ihm eine Atemmaske auf Mund und Nase. Der Mann braucht Sauerstoff.

Eine Schwester in Weiß bemüht sich um mich: Kanüle an der rechten Hand, Sechs Ampullen Blut füllt sie ab. »Morgen machen wir das noch einmal«, sagt sie.

Eine junge Stationsärztin in Blau kommt, fragt nach allen Medikamenten, die ich schlucke, nach Krankheiten, Diabetes, Bluthochdruck, Schwindel, Luftmangel, Schlaganfall (die Akte über meine Krankheitsgeschichte von 2011 im Adolf-Stift hat sie ebenso dabei wie den Befund über eine Herzkatheder-Untersuchung im Krankenhaus St. Georg). Sie lässt mich lächelnd zurück: »Dr. Aydin kommt auch noch am Abend zu Ihnen.«

Über meinem Bett flackern wilde Kurven auf dem Monitor, mal auf, mal ab, viel auf. Meine Herzschläge. Na, solange die Kurven nicht in einer langgezogenen Linie auslaufen ….

Chefarzt Aydin kommt. Er redet nicht viel: »Sie haben Herzrhythmusstörungen, Ausfälle in der Nacht. Hier haben wir Sie gut unter Kontrolle. Morgen sehen wir weiter. Gute Nacht.«

Gute Nacht?

Eine Schwester verpasst mir eine Spritze in den Bauch. Thrombose-Prophylaxe. Man lernt dazu im Krankenhaus.

Der Pastor nebenan liegt schweigend mit gefalteten Händen in seinem Bett. Ob er ein Nachtgebet flüstert?

Ich habe den kleinen Fernseher, der zur Ausstattung der Krankenzimmer gehört, überm Bett eingeschaltet, ohne Ton; das Kabel hatte ich im Notfall-Koffer mitgebracht. Die Nacht wird lang.

Die ist am nächsten Morgen um sieben Uhr zu Ende. Mit einem doppelstimmigen lautstarken »Guuuten Mooorgen« von zwei Schwestern. Temperatur messen, Blutdruck, Blutzucker, und noch einmal Blutentnahme. Am Monitor laufen die Zickzack-Kurven des Herzens. Ohne Pause.

Frühstück gibt's auch, Standard: eine Scheibe Graubrot oder ein aufgewärmtes Brötchen, eine Scheibe Wurst, eine Schmelzkäseecke, ein Joghurt, eine Tasse Tee.

Danach passiert nichts mehr. Eine Putzfrau wischt die Böden. Der Pastor schweigt, aber er atmet jetzt regelmäßig.

Wochenende auf der Station.

Am Samstagnachmittag (nach dem Mittagessen mit Gemüseeintopf um zwölf und Kaffee um zwei) öffnet sich, nach temperamentvollem Klopfen, die Tür: Visite! Mit Oberarzt, Assistentin, zwei Schwestern. Ein aufmunterndes Tätscheln beim Pastor: »Es sieht doch alles viel besser aus bei Ihnen. Wenn es so bleibt, können Sie Montag nach Hause.«

»Und Sie, Herr Reinke«, lächelt mich der Doktor an, »müssen noch zwei, drei Tage bleiben. Danach wird es Ihnen viel besser gehen. Montag haben Sie Ihren OP-Termin. Sie bekommen einen Herzschrittmacher. Sie sind gleich als erster dran, etwa um acht Uhr. Dr. Aydin wird Sie operieren.«

Dann klärt mich der Kardiologe noch in knappen Sätzen auf, was auf mich zukommt. »Im Übrigen habe ich hier ein Aufklärungsmerkblatt unseres Hauses, da können Sie alles noch einmal nachlesen.«

Vier eng beschriebene DIN-A-4-Seiten, kein Mediziner-Fachchinesisch, sondern einigermaßen Klartext. Man lernt 'ne Menge dazu – und am Sonntag ist viel Zeit zum Lesen. Ist ja sonst nichts los.

Leseprobe: »Sie leiden an einer Art Herzrhythmusstörung, für deren Behandlung Medikamente nicht ausreichen oder nicht geeignet sind …. Ein Herzschrittmacher überwacht ständig Ihre Herztätigkeit und gibt bei einem zu langsamen Herzschlag elektrische Impulse an das Herz ab. So wird wieder eine normale Herzfrequenz erreicht, und alle Organe sind ausreichend mit Sauerstoff versorgt.«

Verstanden, Herr Doktor.

»Das Schrittmachersystem besteht aus dem Schrittmacher-Aggregat und einer oder mehreren davon abgehenden Sonden. Eine Sonde ist ein dünnes Kabel, das an seiner Spitze eine Elektrode trägt.«

Klar, das Ding muss ja laufen wie bei der Batterie, die mein Auto mit Strom versorgt. Oder mein Handy.

»Wir haben uns für einen Zweikammer-Schrittmacher für Sie entschieden.« Also mit zwei Elektroden, »eine wird im Herzvorhof eingeführt, die zweite in der Herzkammer platziert.«

Aha, doppelt gemoppelt, sicher ist sicher … So genau wollte ich das gar nicht wissen: Kabel mit Haken am Herzmuskel verankert!! Da zuckt man zusammen, der Gedanke ist gewöhnungsbedürftig.

Ist schon ein Wunderding, so ein moderner Herzschrittmacher! Klein wie die vergoldete Taschenuhr meines Vaters, die er zum silbernen Berufsjubiläum bekam, nur viel leichter: Er wiegt etwa sieben Gramm, soviel wie ein Teelöffel voll Salz. Lithium-jodidbatterie (hält acht bis zehn Jahre!), raffinierte Elektronik, die Umhüllung aus Titan.

Und wo in meinem Körper ist sein Parkplatz?

Unterm linken Schlüsselbein »wird im Unterhautfettgewebe eine Tasche gebildet«, lerne ich, »in die das Schrittmacher-Aggregat eingesetzt wird. Die beiden Elektroden werden mit den Kabeln über den gleichen Hautschnitt in eine Vene in Nähe der Tasche eingeführt und unter Röntgenkontrolle zur gewünschten Stelle im Herzen vorgeschoben. Die Elektroden werden fest mit dem Schrittmacher verbunden. Danach wird die Wunde vernäht.«

Letzter Akt: Der Schrittmacher wird passend eingestellt. »Die optimale Überleitung der Stromimpulse auf den Herzmuskel wird durch Messungen kontrolliert.«

Alles kapiert? Noch eine Nacht drüber schlafen.

Montagmorgen. OP-Termin auf elf Uhr verschoben. Kein Frühstück. Alle Wertsachen im Schrank verstauen, Uhr, Handy, Brille. »Ihre Zähne müssen Sie rausnehmen«, mahnt die Schwester. »Kann ich nicht, ich habe Implantate!«

Alles ausziehen. Bis auf die Shorts. Immerhin nicht vollkommen nackt. Stattdessen das blaugeblümte Krankenhaus-Hemd (ach ja, das letzte Hemd hat keine Taschen): vorne zu und hinten alles offen.

Um elf kommt der Pfleger, im Bett geht's ab durch die langen Gänge Richtung OP.

»Wollen Sie noch mal …?«, fragt die OP-Schwester. Ich will, ich muss …

Dann kümmern sich gleich vier Schwestern in Blau routiniert um mich. Heben mich vom Bett auf den OP-»Tisch«, binden mich fest auf der schmalen Trage, decken mich mit Tüchern ab. »Damit Sie nicht frieren.«

Links von mir in Sichthöhe mehrere Monitore. Über mir Lampen, die noch ausgeschaltet sind. Im Hintergrund, nicht erkennbar, eine OP-Helferin. die offenbar das Operations-»Besteck« sortiert.

Der Chefarzt kommt, Dr. Aydin. Mit Kopfbedeckung, Mundschutz, weißem Kittel. Wünscht »guten Morgen«. Fragender Blick an einen Blaukittel. Die junge Frau nickt

»Eine Frage, Herr Doktor, kann ich das alles in bewusstem Zustand verfolgen?«

Hat er mir geantwortet? »Sie werden wohl ein bisschen dämmern«, höre ich eine weibliche Stimme.

Ich höre noch – aus weiter Ferne – eine andere Stimme: »Wir können beginnen.« Dann höre ich nichts mehr. Gar nichts mehr.

Links oben in meiner Schulter spüre ich, dass sich da was bewegt, als würde jemand mit einem scharfen Fingernagel meine Haut ritzen. Und dann spüre ich nichts mehr ….

Als ich aufwache, liege ich in meinem Bett vor den OP-Räumen. »Der Pfleger wird Sie gleich abholen«, sagt eine Schwester.

»Bin ich schon operiert?«

»Ja, es ist alles gut.«

Die Stationsschwester hat mir das Mittagessen aufgewärmt. »Sie haben doch heute noch gar nichts zu essen bekommen!« Es schmeckt sogar. Und danach hole ich den Schlaf der unruhigen letzten drei Nächte nach. Dass der Pastor inzwischen nach Hause entlassen wurde und ein anderer Patient im Nebenbett liegt, habe ich nicht mitgekriegt.aus

Der Chefarzt taucht am Nachmittag auf, strahlt gute Stimmung aus: »Sieht alles bestens aus. Der Schrittmacher arbeitet optimal. Wir machen morgen noch eine Röntgen-Aufnahme vom Brustkorb, um zu sehen, ob alles richtig sitzt.«

»Dann kann ich nach Hause?«

»Ja, vielleicht schon morgen.«

Dann gibt es doch noch ein Problem. Bei der Operation hat es an der Lunge eine »winzige« Verletzung gegeben, wie die Röntgen-Aufnahme zeigt.

Die junge Ärztin, die mich mit der Nachricht überrascht, beruhigt mich: »Wir behandeln das mit Sauerstoff.«

Wie denn, ist unmittelbar unterm Schlüsselbeins auch noch Lunge?

»Ja«.

Man lernt wirklich nicht aus. Ist die Verletzung der Lunge gefährlich? Ja, wenn Luft in die Lunge eindringt, kann es zum Kollaps kommen. Das passiert aber sehr selten bei Operationen, heißt es im Merkblatt des Krankenhauses.

»Es macht dann pfffttt.« Sagt die Ärztin.

»Ist das«, frage ich, »wie bei einem gefüllten Luftballon, dem die Luft entfleucht?«

Die Ärztin lacht. »Wir schließen Sie jetzt an die Sauerstoff-Schläuche an.«

Dünne Schläuche in beide Nasenlöcher, es gurgelt leise am Kopfende meines Bettes. Zwischendurch eine Plastikmaske auf Mund und Nase – es dampft kräftig. Ich darf essen, trinken, schlafen. Muss im Bett liegen, kann auch nicht weg – ich hänge ja an den Sauerstoff-Schläuchen … Am Dienstag. Am Mittwoch. Tagsüber, nachts.

Am Donnerstag noch einmal eine Röntgen-Kontrolle. Die Aufnahme überlässt mir Chefarzt Aydin als »Souvenir«: Mein Herz in Originalgröße, links oben die Konturen des zierlichen Schrittmachers und deutlich erkennbar zwei Kabel, die im Herzmuskel münden.

Gefällt mir. Mein Herz und sein kleiner Helfer.

Und noch besser die Gewissheit: »Radiologisch zeigte sich postoperativ ein kleiner Mantelpneumothorax linksseitig ohne klinische Relevanz …die pulmonale Situation zeigte sich stabil auch in der weiteren Überwachung«, schreibt Dr. Aydin in seinen Entlassungsbrief für die Hausärztin.

Ich darf nach Hause! Nicht ohne ein paar Einschränkungen: Zunächst mal kein Auto fahren, kein Kampfsport, Schongang einlegen, den linken Arm nur bis Schulterhöhe heben, die Wunde nach dem Duschen behutsam abtrocknen, vorerst nicht saunen und dann auch nur bis maximal 80 Grad Hitze.

Die erste Nachkontrolle ambulant im Krankenhaus ist acht Tage später. »Alle Messwerte sind optimal«, ist Dr. Aydin zufrieden.

»Kann ich Mitte Oktober in Urlaub fahren? Wir haben eine Flugreise ins Baltikum gebucht.«

Genehmigt. »Vergessen Sie Ihren Schrittmacher-Ausweis nicht, den brauchen Sie bei der Kontrolle im Flughafen.« Autofahren ist auch erlaubt, »aber Vorsicht mit dem Gurt im Wagen.«

Weitere Kontrollen des Schrittmachers stehen im Dezember 2017 und im Februar 2018 an. Dann erst wieder in einem Jahr.

Billig ist der kleine Helfer, der dem Herzen zum richtigen Takt verhilft, nicht gerade. Für Operation und Klinik-Aufenthalt berechnet das Adolf-Stift meiner Krankenkasse knapp 5500 Euro. Plus für den Chefarzt 1200 Euro. Für die ambulante Nachsorge zahlt die Krankenkasse nichts, das geht auf eigene Rechnung.

Krankheit kostet. Gesundheit auch. Gesundheit ist aber auch viel Wert … Und mein Schrittmacher ist mir schon richtig ans Herz gewachsen. Es geht mir viel besser, zwar nicht runderneuert, aber aufgefrischt. Meine fast 90 Lebensjahre sind mir mehr Lust als Last! Danke, Doctores.

PS. Da ist eine Frage noch unbeantwortet: Was passiert eigentlich, wenn das Herz stillsteht? »Tickt« dann der Schrittmacher immer weiter?

Tut er nicht. Dann ist auch für ihn Sendepause.

Na denn, mein Freund und Helfer, dann mach bloß noch lange, lange weiter …

Das erste Buch

Wer schreibt? Ein Ossi? Der Wessi?
Der Hamburger »Wossi« muss ran

Gelesen habe ich immer gern. Weil das Geld der Eltern im Vier-Kinder-Haushalt knapp war und für den Kauf teurer Bücher fehlte, war ich regelmäßiger »Kunde« in der Stadtbücherei, die alle Schätze der wunderbaren Welt des Wissens für ihre »Leseratten« für ein paar Pfennige im Abonnement vorhielt.

»Der schmökert schon wieder«, lachten die Geschwister. Und weil sie mich oft genug störten – zwei Brüder, eine Schwester und ich, der »Kleine«. zusammen in EINEM Kinderzimmer der engen Drei-Raum-Wohnung im Arbeiterviertel in Essen-West! – baute ich mir mein eigenes Lese-Asyl: einen Tisch umgekippt, darüber eine dicke Wolldecke ausgebreitet und fertig war die Bibliothek. Da saß ich mit Taschenlampe und Buch vor Augen und vergaß die Welt um mich herum …

Später, als ich Ruth kennenlernte, waren Bücher vom ersten Tag an immer wieder unser Thema. Sie hatte schon sehr früh lesen gelernt. Als Sechsjährige, so erinnerte sie sich, habe sie am Weihnachtsabend die Geschichten von »Rosenresli« von Johanna Spyri verschlungen.

Jahrzehnte danach, als sie wegen ihrer unheilbaren Augenkrankheit Retinitis pigmentosa nicht mehr lesen konnte, habe ich ihr daraus noch einmal vorgelesen …

In Höntrop. einem Vorort von Bochum, zog es Ruth vorzugsweise, wie die alten Tanten gern erzählten, zum Lesen in eine Lokalität besonderer Art. Im »Dörp«, wo sie als Kind aufwuchs, gab es neben dem Bauernhof der Niederhagemann-Sippe eine windschiefe Bretterbude, die der Familie als Toilette diente. Wasserspülung Fehlanzeige, Frischluft blies durch die Ritzen, als Sitz ein paar ungehobelte Bretter mit rundem Loch in der Mitte, mit

Deckel drauf. Das war, so die Tanten, Ruths Lieblingsversteck, wenn sie allein sein wollte. Und da blieb sie solange, bis sie die Zeitung gelesen hatte – in acht oder zwölf Stücke aufgeschnittene Zeitungsseiten, die auf einem Nagel steckten, abrissbereit … (Die Grube mit den Hinterlassenschaften von Zeit zu Zeit auszuheben und zu entsorgen war Pflichtaufgabe der älteren Niederhagemann-Zöglinge).

In den ersten Hungerjahren nach dem Zweiten Weltkrieg, als nicht nur Lebensmittel, sondern auch Bücher in den ausgebombten Wohnhäusern Raritäten waren, haben Ruth und ich unsere ersten »Bücher« selbst produziert, um uns oder Freunden eine Freude zu machen. »Bücher« zum Verschenken oder auch um daraus vorzulesen.

Zu meinen sorgsam gehüteten Schätzen gehört eine der bekanntesten Erzählungen von Rainer Maria Rilke, mit der der Insel-Verlag 1912 seine Erfolgsserie mit Miniatur-Taschenbüchern für 50 Pfennig startete: »Die Weise von Liebe und Tod des Cornets Christoph Rilke«.

Den »Cornet« hat Ruth auf lindgrünem Papier in akkuratem Sütterlin, der sogenannten »deutschen Schrift«, die wir in der Volksschule noch gelernt haben, abgeschrieben: auf 56 Seiten im Format 15 mal 10,5 Zentimeter. So winzig klein, dass ich heute nur noch mit Lupe die ersten Zeilen der wunderbaren lyrischen Erzählung Rilkes lesen kann: »Reiten, reiten, reiten, durch den Tag, durch die Nacht. Reiten, reiten, reiten. Und der Mut ist so müde geworden und die Sehnsucht so groß. Es gibt keine Berge mehr, kaum einen Baum. Nichts wagt aufzustehen …«

Diesen »Cornet« hat Ruth mir zu meinem 19. Geburtstag geschenkt. Wir haben ihn uns gemeinsam vorgelesen.

Weil wir beide Lyrik und Sprache liebten, sammelte Ruth Gedichte und Gedanken quer durch die Galerie bedeutender deutschsprachiger Autoren: Goethe, Schiller, Hölderlin, Rilke, Lessing, Nietzsche, Ricarda Huch, Selma Lagerlöf, Storm, Uhland, Herder. Oder alle Strophen bekannter Lieder, die sie auswendig kannte: zum Beispiel Mathias Claudius »Der Mond ist aufgegangen, die gold'nen Sternlein prangen am Himmel hell und klar. Der Wald steht schwarz und schweiget, und aus den Wiesen steiget der weiße Nebel wunderbar …«

Gesammelt in einer schlichten blauen DIN-A-4-Kladde, die (inzwischen vergilbten) weißen Blätter mit roten Linien umrahmt, schon in modernen lateinischen Buchstaben mit blauer Tinte geschrieben, mal größer, mal kleiner, mal über die volle Seitenbreite, mal luftig eingezogen. Auch mit Vignetten und liebevollen Zeichnungen aufgelockert. Layout 1946.

Man hätte ein schönes Buch daraus machen können. Damals. Als der Hunger im Kopf so groß war wie der Hunger im Bauch.

Auch ich war ein fleißiger »Buch«-Autor in meinen schreibenden Jugendjahren. Zunächst vor allem abschreibend!

Immerhin: Auf 90 DIN-A-4-Seiten (heute auch mit leichtem Altersgilb) gibt es eine von mir handgeschriebene (!) Fleißarbeit mit dem anspruchsvollen Titel »Deutscher Zitatenschatz, gesammelt von Helmut Reinke«. Wann immer ich ein Buch las, schrieb ich Worte von Dichtern und Denkern mit Ewigkeitswert (wie ich dachte und glaubte) auf. Heute kann man viele dicke Bände mit Sammlungen von Zitaten in jedem Buchladen kaufen, mein Handmade-Produkt existiert nur ein einziges Mal. Es war mein Geschenk für Ruth …

Aber: So ein richtiges Buch, mit feinem Leinen-Rücken, mit ein paar hundert Seiten Umfang und schwer in der Hand, auf dem Titel der Vor- und Nachname des Autors – dieses erste richtige gedruckte Buch von mir gab es sehr viel später. Erst nachdem ich hunderttausende Zeilen als Journalist für Zeitungen und Zeitschriften geschrieben hatte. Erst nachdem mich ein Verlag nach einem halben Jahrhundert im Redaktionseinsatz als Reporter, Redakteur und Chefredakteur in den so genannten »verdienten Ruhestand« verabschiedete.

Den wollte ich nicht.

Ich war immer neugierig auf diese spannende Welt. Blieb neugierig. Ich wurde Autor. Buchautor.

Romane zu schreiben, das wusste ich, ist nicht mein Ding. Die lese ich zwar, aber schreiben wollte ich ein Sachbuch. Fakten, Fakten, Fakten – auch die lassen sich spannend erzählen.

In der Rostocker OSTSEE-ZEITUNG, in der ich nach der Wende 1989 ein paar Jahre als Herausgeber und Berater gearbeitet hatte, war die jüngste Vergangenheit noch sehr lebendig: die Enge, die Schikanen, die Tristesse, aber auch Alltagsfreuden im eingemauerten SED-Staat. Der entschlossene Wille zum Neubeginn nach dem Zusammenbruch des diktatorischen Systems. Die zwei aufregenden Leben einer Zeitung. 37 Jahre als Propaganda-Trommel der kommunistischen Machtherrscher missbraucht. Dann endlich frei, unzensiert, unabhängig.

Für August 2002 stand das 50jährige Jubiläum der OST-SEE-ZEITUNG an. Wie feiern? Mit einem Buch, einem ungeschminkten Dokument: 50 Jahre Zeitungs- und Zeitgeschichte in einem lange getrennten und dann endlich vereinigten Land! Da stecken eine Fülle interessanter Stories drin.

Wer schreibt sie auf? Ein »Ossi«? Schweigen in der Redaktionskonferenz. »Wir sind noch zu befangen, wenn es um unsere Vergangenheit geht.« Ein »Wessi«? Einer, der ohne Vorurteile, aber ohne allzu große Osterfahrung, schreibt. Der dokumentiert, was war, was ist? Ich, der Hamburger »Wossi« aus Mecklenburg, soll es machen.

Ich hatte ein knappes Jahr Zeit …

Dass Schreiben immer auch harte Arbeit ist, wusste ich aus meinem täglichen Journalisten-Alltag. Dass Bücherschreiben knochenharte Kerner-Arbeit ist, die einen verdammt langen Atem braucht, musste ich noch erfahren …

Ich bastelte mir ein grobes Konzept, wie ich das Thema »Die zwei Leben einer Zeitung in einem spannenden halben Jahrhundert deutscher Geschichte« anpacken wollte. Kapitel eins: das zähe Ringen der Redaktion, die Partei-Oberen loszuwerden, die die Inhalte diktierten. Kapitel zwei: »Wir sind das Volk«, der heiße Herbst 1989, Kapitel drei: Aufstand und Umbruch an der Ostseeküste. Dramatische Wochen!

Dann ein Blick 50 Jahre zurück: Als die Zeitung laufen lernte.

Ein großes Stück über den hoffnungsvollen Aufbau und den unaufhaltsamen Verfall in der DDR. Ein spannendes Kapitel über den von der Sowjetunion abhängigen Schiffbau, dem wichtigsten Wirtschaftszweig im Nordosten, und die staatlich-gesteuerte Landwirtschaft.

Und ein paar Kapitel über die neue Zeit nach der Wende: Wandel und Aufbau in Rostock, Wismar, Stralsund, Greifswald, auf Rügen, Usedom. Das kulturelle Leben, der Sport. Die komplette Umgestaltung der »OZ« mit hochmoderner Technik.

Jetzt stand das inhaltliche Gerüst. Nun begann die Arbeit vor Ort: Viele Interviews, mit Politikern, Aktiven der Bürgerbewegung, Pastoren, die in der Wende eine tragende Rolle spielten. Autofahrten über Land, viele Telefonate. Das kostete Zeit, und noch mehr Zeit brauchte es: Immer wieder ab ins Archiv, wo die gestapelten Zeitungsbände lagerten und Berge an Fotos seit 1952 … Aber Fundgruben für schöne Geschichten. Ein Mammut-Programm, ohne die fleißigen Helferinnen im Archiv nicht zu stemmen.

Um eine Chronik mit den wichtigsten Ereignissen in Ost- und Westdeutschland vom 1952 bis 2002 zusammenzustellen, musste ich eine Menge nachlesen – wer hat schon alle Daten im Kopf? Und alle überprüfen, ob sie stimmten.

Noch war ans Schreiben des Buchmanuskriptes nicht zu denken. Die OSTSEE-ZEITUNG hatte engen Kontakt mit einem Rostocker Buchverlag. Verhandlungen über Format, Papier, Umfang, Einband, Preise, Stückzahlen. Mit einer erfahrenen Layouterin einigte ich mich schnell über die Gestaltung, über Schriftarten, Schriftgrößen, Bildauswahl, Spaltenbreiten, Titelbild, den Buchtitel: »Weil wir hier zu Hause sind«.

Meine Schreibblocks mit den Notizen, Kopien alter Zeitungsartikel, Tonbänder mit den Interviews hatte ich vorsortiert und markiert, von Kapitel eins bis Kapitel zehn. Bis auf einige Interviews, die ich ganz zuletzt aktuell führen wollte, zum Beispiel mit den drei Ministerpräsidenten, die das neu gegründete Bundesland Mecklenburg-Vorpommern nach der Wende regierten.

Dann, dann endlich begann die Stunde der Wahrheit:

Ich schrieb. Zeile um Zeile. Seite um Seite. Nicht mehr wie in meinen Jugendjahren mit der Hand, sondern am Computer. Ich schrieb zu Hause. Wenn ich ein Kapitel abgeschlossen hatte, »brannte« ich eine CD für die Layouterin in Rostock und bekam nach einigen Tagen eine Druckfahne zurück. Eine Lektorin hatte schon erste Korrektur gelesen. Den Textabzug, mit meinen Korrekturen, schickte ich mit meiner Bildauswahl, Bildschnitten und Bildtexten ans Layout. So entstand über Wochen hinweg ein druckreifes Kapitel nach dem anderen.

Und eine war in den stillen »Dichter«-Stunden immer in der Nähe: Ruth. Ihr las ich die jeweils fertigen Kapitel vor, die sie aufmerksam und stilsicher kritisierte. Wie damals bei unseren gemeinsamen, handgeschriebenen Erstlingen. Eheliche Team-Arbeit …

Zuguterletzt – der Sommer 2002 nahte! – gingen Lektorin, Layouterin und ich für ein langes Wochenende gemeinsam in Klausur, um noch einmal Seite um Seite, Foto um Foto, Bildtext um Bildtext, Titel und Klappen-Texte penibel zu prüfen.

Jetzt konnte gedruckt werden. Es waren 276 Buchseiten, Großformat 21 mal 28 Zentimeter! Viele farbige und Schwarzweiß-Fotos. feiner Leinen-Einband. Auf dem tiefblauen Titelbild mit Meer, Strand, Segelschiffen und dem OZ-Verlagshaus in weißen Buchstaben der Name des Autors: Helmut Reinke. Der Titel: Weil wir hier zu Hause sind. Darunter kleiner: Die zwei Leben einer Zeitung – 50 Jahre Ostsee-Zeitung.

Mein erstes Buch. Mein erstes gedrucktes Buch.

Es gab eine schöne Feier am 16. August 2002 zum 50Jährigen in Rostocks Hochschule für Musik und Theater. Viele Gäste. Und die Präsentation des Buches zum Jubiläum.

Das erste Exemplar aus der Druckerei überreichte mir das Team, mit dem ich eng zusammengearbeitet hatte. Das einzige Exemplar, von dem eine Buchseite mehr gedruckt wurde. Mit dieser Widmung: »Wir haben uns einem Härtetest unterworfen – und wir hatten Freude daran. Immer hart am Wind – der

Steuermann Helmut Reinke hat uns viel abverlangt – jetzt sind wir am Ziel – ein gelungenes Buch wartet auf seine Leser: Ein herzliches Dankeschön für diese interessante Partnerschaft voller Zuversicht, Ansporn, Ideenreichtum und Elan.«

Danke für das gemeinsame Wegstück. Das hat gut getan. Für Ost und West. Und tut gut. Immer noch.

In meinem Vorwort zum Buch dankte ich allen, die mitgeholfen haben; im letzten Satz vor allem meiner Frau Ruth, die meine Schreib-Mühen über Jahrzehnte hinweg immer begleitet hat. Sie fand dafür ein passendes, plattdeutsches Wort des mecklenburgischen Heimatdichters Fritz Reuter: »Un schön is't in'n Ganzen.«

Macht Lust auf mehr …

Die erste Schreibmaschine

Meine »Tippa« landete im Leihhaus – der Liebe wegen

»Tippa« hieß sie, fünf Buchstaben, zwei Vokale, drei Konsonanten. Klingt schon mal gut. War gut. Schlank, leichtgewichtig war »Tippa«. Leider grau. Aber nicht altersgrau. Vornehm antikblond. Geburtsjahr 1948, vielleicht ein bisschen später. Aus deutschen Landen, Erlangen in Bayern. Und schnell heiß begehrt:

Meine erste Schreibmaschine. Meine erste EIGENE Schreibmaschine.

Sie war mir sofort lieb – und vor allem teuer. In einer Beschreibung der frühen »Gossen Tippa« fand ich, was sie damals kostete: zwischen 345 und 395 Deutsche Mark! Dafür kriegt man heute locker einen einfachen Laptop. Aber die schöne »Tippa« wollte ich unbedingt haben.

Ich war es leid, bei Frau Kasalitzki, der strengen Chefsekretärin der »Fränkischen Landeszeitung« in Ansbach, wo ich volontierte, betteln zu müssen, wenn ich auf ihrer Schreibmaschine mal was tippen wollte. Die hütete sie nämlich – das einzige einsatzfähige Exemplar der ganzen Redaktion – wie ihre eigene jungfräuliche Unschuld.

Dabei war ich ein Schreibtasten-Profi. Hatte in der Handelsschule schon zwei Jahre lang fleißig und mit besten Noten trainiert und danach mein Tempo in mehreren Fortgeschrittenen-Kursen gesteigert. Ich tippte, ohne hinzugucken, blind, mit zehn Fingern. Die »Rhein-Ruhr-Zeitung« in Essen hatte mich 1947/48 für einige Monate als Pressestenografen engagiert, gegen kargen Lohn. 17 war ich da alt.

Mit dem »Tippa«-Händler in Ansbach war nicht gut verhandeln. »Entweder bar auf die Hand für 300 Mark oder mit Aufschlag in Raten. Wieviel können Sie denn mit Monat?« Deutsche Mark, die harte D-Mark-Ära hatte im Sommer 1948 gerade begonnen.

Ich überlegte blitzschnell, was mir als Volontär bei meinem Brutto-Anfangsgehalt von 150 Mark monatlich netto bleibt. Abzüglich Miete, abzüglich warmes Mittagessen, ansonsten viel billigen Kochkäse, Margarine-Brote, viele geklaute Äpfel und selbstgedrehte Zigaretten: »Geht es mit 20 Mark im Monat?«

Der Händler war nicht sonderlich erfreut, stimmte aber zu. »Wenn Sie ein paar Mark mehr verdienen, erhöhen wir die Raten, damit Sie schneller von den Schulden runterkommen.«

»Und kann ich die ‚Tippa‘ gleich mitnehmen?«

»Gemach, junger Mann, in ein paar Tagen liefert das Erlanger Werk sie aus. Dann können Sie sie abholen.«

Das war ein schöner Tag, als ich MEINE »Tippa« in meiner Junggesellen-Bude auspackte, das erste weiße DIN-A-4-Blatt über die Walze schob, es sauber gerade ausrichtete und die Walze mit einem Hebelgriff festspannte, dann links und rechts die Seitenränder einrastete – und los ging’s.

»Liebling, mein erster Brief …« Der erste Brief an Ruth, die in Essen-Kettwig an der Pädagogischen Akademie studierte. Den Brief fand sie zwar todschick (kein Tipp-Fehler, breiter Rand links, Flattersatz rechts), meinte aber, es wäre doch schöner, wenn ich meine Briefe wieder mit der Hand schriebe. Das tat ich denn auch, vor allem, weil ich Ruths wunderschöne klare Handschrift mochte, wenn sie antwortete.

Die »Tippa« war saubere mechanische Präzisionsarbeit. Sie lief ohne Strom aus der Steckdose. Die Metallhebel mit den einzelnen Buchstaben und Zeichen klemmten nicht beim Aufschlagen aufs Papier. Das Geräusch beim Tippen klang wie zarte Musik in den Ohren – wenn man nicht wild wie ein Preisboxer auf die Tasten eintrommelte. Was einige Schreibwütige, die mit zwei Fingern die Tastatur massakrierten, sehr wohl taten.

Ich habe meine »Tippa« nie misshandelt, und sie hat mich nie im Stich gelassen. Ich habe mir bei ihr alle paar Wochen schmutzige Finger geholt, wenn ich das schmale schwarz-rote Farbband wechseln musste, weil es abgenutzt war. Die Druckerschwärze ließ sich mit einer körnigen Paste, mit der die Metteure, die Setzer in der Zeitung, ihre Hände wuschen, leicht wegwaschen. Gegen Tipp-Fehler gab es Tipp-Ex, damit konnte man sie »wegradieren«. Da staubte es ein bisschen auf die Metalltypen. Die konnte man mit einer feinen Drahtbürste schnell wieder auf Hochglanz bringen.

Wenn ich unterwegs war, nahm ich meine »Tippa« mit. Dann steckte sie in einem kleinen grauen Blechkoffer. Der wog knapp vier Kilo und war nicht einmal sechs Zentimeter hoch.

»Tippa« und ich waren ein eingespieltes Team. Und fleißig. Ich schrieb, mit Erlaubnis meines Chefredakteurs, auch Geschichten für andere Zeitungen, denn die »Fränkische Landeszeitung« erschien 1948 nur dreimal die Woche mit wenigen Seiten Umfang. Papier war überall Mangelware.

Manuskripte schrieb ich auf den leeren Rückseiten von irgendwelchen Firmen-Mitteilungen. Mit einem Wochenblatt in Hof hatte ich engen Kontakt, jede Woche lieferte ich einen »Brief aus Mittelfranken« ab. Mal 30, mal 50, mal 60 Zeilen. Fünf Pfennig Honorar pro Zeile. Einer Nürnberger Boulevard-Zeitung telefonierte ich aktuelle News aus Ansbach und Umgebung durch. Gab pro Meldung 5 DM und manchmal auch mehr.

Nach einem knappen Jahr löschte der Händler meine Raten-Schulden und die »Tippa« gehörte endgültig mir.

Einmal bin ich ihr untreu geworden – der Liebe wegen. Ruth war in den Semesterferien bei mir in Ansbach. Sie schlief in meiner Untermieterbude. Ich durfte da nicht mit rein. »Ja, wenn Sie verlobt wären …«, meinte die sittenstrenge Vermieterin. Ich ging zum Schlafen aufs Sofa eines Kollegen, kostete 20 Mark. Die Eisenbahn-Fahrkarte für Ruth, die als Studentin keine müde Mark verdiente, hatte ich auch gekauft. Ich war pleite – und Ruth auf dem Weg zu mir.

Ich ging ins Pfandhaus, das damals freundlicher Leihhaus hieß. Ließ meine »Tippa«, im Blechkoffer fest verschlossen, zurück, kassierte 100 Mark – und Ruth und ich hatten schöne Ferientage!

Bei der nächsten Gehaltszahlung löste ich »Tippa« ein, zahlte 100 Mark plus Leihgebühr zurück – und lebte einen Monat sehr gesund mit den geklauten Äpfeln, die Ruth von Obstbäumen in Ansbachs Umgebung »geerntet« hatte.

Sie hat lange gelebt, die gute alte »Tippa«. Bis in die 90er-Jahre. Solange stand sie, nur noch selten berührt, als immer noch gut erhaltene und attraktive Alters-Ruheständlerin in einem staubfreien Kellerregal unseres Reinbeker Hauses. Dann kam im November 1989 die Wende mit dem Fall der Mauer, dem Zusammenbruch der »Deutschen Demokratischen Republik« (DDR), und ich arbeitete ein paar Jahre bei der »Ostsee-Zeitung« in Rostock. Mit dem Ehepaar Block, liebenswerten bodenständigen »Ossis«, freundeten Ruth und ich uns an. Ursel Block suchte eine kleine handliche Schreibmaschine, sowas gab es in der DDR nicht.

»Ich hab' da was für Sie«, sagte ich und brachte beim nächsten Besuch meine pensionierte »Tippa« mit. »Die hakt nicht, die klemmt nicht, die macht gut noch ein paar Jahre.«

Ursel Block hat auf ihrer »Tippa« ein paar Briefe an uns geschrieben. Dann starb ihr Mann an Krebs, wenige Monate später auch Ursel. Wo die »Tippa« nach ihrem Tod geblieben ist, weiß ich nicht.

In meinem Archivkeller habe ich noch ein paar Erinnerungsstücke aus meiner aktiven Schreib-Zeit. Eine Gabriele 35 von Triumph, aus den abgewickelten Beständen von HÖRZU, als die Computer Platz auf den Schreibtischen brauchten und die Schreibmaschinen verdrängten. Eine Gabriele 12, ebenfalls Triumph, ein Geschenk der OSTSEE-ZEITUNG, als sich die neuen PC's auch hier ausbreiteten.

Auf einer alten, aber nicht altersschwachen Olympia tippe ich noch gelegentlich Adressen auf Briefe. Und meine Olympia Traveller de Luxe nutze ich, um vorgefertigte Formulare auszufüllen, die der Computer mit Verachtung abstraft. Mein modernstes

Schreibutensil ist eine sehr schmale, elegante Reiseschreibmaschine, die Brother EP 20. Die ist aber schon voll elektrisch und zwingt zu behutsamster Berührung. Tipp-Ex und Ersatzfarbbänder sind auch noch da.

Wenn wirklich mal ein Typenhebel klemmt oder abbricht und nichts mehr läuft, gibt es noch einen einzigen Experten, den Letzten seiner Art in Hamburg, der die Oldies auf Vordermann bringt: Hans-Joachim Beier von Mallok Bürotechnik in Hamburg-Billbrook. Jens Meyer-Odewald, ein Freund von Olaf beim »Abendblatt«, hat ihm in einer schönen sentimentalen Story ein Denkmal gesetzt.

Und Computer-Spezialisten gibt's inzwischen an jeder Straßenecke, seit moderne PC's und Laptops die bewährten Schreibmaschinen ins Abseits abgeschoben haben.

Meine brave »Tippa« ist auch nur noch liebenswerte Vergangenheit …

*

Moment, da fehlt noch ein Schluss. Es gibt noch eine »Tippa«. Eine »Tippa« für mich. Eine gebrauchte Triumph-»Tippa«. Grau wie mein Erstling. Gut erhalten, verspricht der Verkäufer. Mit Blechkoffer. Bei eBay habe ich sie ersteigert. Für 22 Euro plus Versandkosten. Sofort überwiesen. Aus Waldkirch kommt sie.

Meine neue, alte »Tippa«. Mein Weihnachtsgeschenk.

Die erste Zigarette

Im Kohlenkeller mit der blonden Inge, die »auma ziehen« wollte

Inge wollte auch mal.

Inge, süße 15, blondlockig, war die Dritte von sieben im Mädchen-Haus vom zweiten Stock. Helmut, gerade 16, der Vierte vom ersten Stock in den Wohnblocks kinderreicher Familien am Essener Helmholtzplatz – und mit Inge schon mal Händchen haltend ausspioniert worden.

Helmut hatte eine Zigarette, eine »aktive«, ergattert. Von Vater Hugo, dem Straßenbahnfahrer, dem hin und wieder ein Mitreisender im Führerstand eine Zigarette oder einen Stumpen zusteckte. Selten genug, denn Rauchwaren waren gegen Kriegsende 1944/45 eine begehrte Rarität, streng rationiert auf Raucher-Marken (40 Stück Männer, 20 Frauen im Monat). Da Hugo Zigaretten nicht rauchte, bekam Helmut – große Ausnahme! – die geschenkte »Salem« ab.

Die wollte er, in einem Seitengang im Kohlenkeller, ungestört inhalieren, weil Mutter Mimi in der Wohnung strengstes Rauchverbot befohlen hatte: »Dat fehlt noch, dat ihr mir die Bude verpestet mit eure Qualmerei!«

Pech für Helmut, dass Inge gerade in diesem Augenblick im Keller einen Eimer Kohlen in den zweiten Stock hochtragen wollte und den verdatterten Helmut erwischte.

»Wat machse hier?« tat sie scheinheilig, denn die »Salem« in meinen Fingern hatte sie längst entdeckt.

»Lass mich auma ziehen!«

»Hass doch noch nie geraucht, kannse gar nich, dir wird bestimmt schlecht!«

»Komm, lass mich auma. Eima. Bitte. Nur ein Zug.«

»Na gut, aber nur ein Zug. Und leck dat Mundstück nich ab!«

Die »Salem« war eine filterlose Zigarette, Orienttabak, schlank oval. Tunlichst mit trockenen oder höchstens leicht angefeuchteten Lippen zu rauchen.

Inge, nicht gerade schmallippig ausgestattet und immer satt gefeuchtet, lutschte oben, lutschte unten ihren wohlgeformten Mund ab – und zog tief den Rauch ein. Dann hustete sie. Hustete. Hustete.

»Igitt, is dat fies. Hömma, dat war einma. Und nie wieder!« Inge verzog sich mit dem Eimer Kohlen hustend nach oben.

Meine schöne »Salem« war nicht mehr viel Wert. Voller Spucke von Inge. Zog nicht mehr richtig. Schmeckte nicht mehr richtig. Ich habe die Glut abgeknipst, das nasse Mundstück trocknen lassen, den Rest der »Salem« später geraucht.

»Salem aleikum« – Friede sei mit dir …

Es blieb nicht bei dieser Zigarette. Nur Inge war fortan kämpferische Anti-Raucherin. Meine Rauchzeichen stiegen erst später himmelwärts …

Viel später. Es gab ja nichts, wenig zu essen, nichts zu schmöken.

Wenn ich mich recht erinnere, habe ich erst nach dem Krieg, im Frühsommer 1945, zum ersten Mal wieder geraucht. Am »Jiffer«, an der Sucht, einen tiefen Zug aus einer Zigarette zu machen, war der Hunger schuld.

Im Gefangenenlager, wo Tausende Soldaten auf einer Wiese auf den Abtransport warteten, gab es höchstens mal eine wässrige Suppe (»Sondermeldung! Heute kuckt sogar ein Fettauge raus«). Der Alltag hatte nur noch einen Namen: Hunger. Die kriegserfahrenen Landser kannten ein bewährtes Gegenmittel: Rauche, wenn du nichts in den Magen kriegst, dann erträgst du den Hunger leichter. Aber es gab ja nichts. Und der Bauch, den ich nicht hatte und wo ich nur die Rippen zählen konnte, schrie: Hunger.

Ich muss einem Tommy, einem englischen Soldaten, aufgefallen sein, als ich kreidebleich mit blutender Hand zu ihm ins Sanitätszelt kam und ihn um Hilfe bat. Als er meine Hand verbunden hatte, zog er aus seiner Jackentasche eine Packung Zigaretten: Players Navy Cut, die Marke mit dem bunten Seemanns-Bild. Ich muss ihn wohl angestarrt haben wie das siebte Weltwunder, vor allem die nie zuvor gesehene Navy Cut.

»Smoke?« fragte der Tommy freundlich grinsend.

So schnell hatte ich noch nie eine englische Vokabel parat: »Yes, yes, Sir!!!«

Und er gab mir eine, sogar noch Feuer. Ich sagte »thank you«. machte einen tiefen Lungenzug – und taumelte im selben Augenblick bewusstlos zu Boden!

Als ich aufwachte, standen drei Tommies um mich und lachten lauthals. Sie kannten das schon, wenn die ausgemergelten und ausgehungerten Landser nach langer Entbehrung ihre erste Zigarette rauchten und dann abbauten.

Ich durfte wiederkommen, zur Kontrolle der Handwunde, die schnell verheilte. Der Sanitäter steckte mir noch ein paar Navy Cut zu.

Die Tommies waren doch eigentlich gar keine so üblen Kerle, wie uns die Nazi-Propaganda immer eingepaukt hatte …

In den ersten katastrophalen Nachkriegsjahren, zwischen Mai 1945 und Juni 1948, als das Wunder der D-Mark begann, blieb die Zigarette ein unerreichbarer Traum. Die Reichsmark war wertlos, der Glimmstängel zweite und eigentliche Währung. Die Zigarette – eine einzige! – kostete auf dem Schwarzmarkt zwischen fünf und zehn Reichsmark. Wer, wie ich, mit dem Lehrlings-Salär von 45 Reichsmark im Monat knappsten musste, lebte permanent in einer rauchfreien Zone.

Wo Not ist, sprießen auch Ideen. Hatte doch Christoph Columbus 1492 bei der Entdeckung Amerikas bei den Indianern abgekuckt, wie genussvoll die Ureinwohner Tabakpflanzen qualmten. Geschäftstüchtig organisierte Columbus den Export nach Europa, der im 19. und 20. Jahrhundert weltweit so richtig aufblühte, als Maschinen Tabak zu Zigaretten verarbeiteten und Milliarden für den Genuss mit und ohne Reue verdienten.

Unsereins musste erst einmal zurück zu den indianischen

Spuren: Neben Kartoffeln und Kohl Tabak-Pflänzlinge setzen, hegen und pflegen. Die herangewachsenen Blätter, im Bad oder im Keller. an Fäden aufhängen, reifen lassen und, noch leicht feucht, ernten. Fermentieren, also geschmacklich verfeinern, da hatte jeder seine eigenen Ticks. Blätter mit einem scharfen Küchenmesser schneiden, fein für Zigaretten, gröber für die Pfeife.

Rauchen ein Genuss? Alles Geschmackssache …

Bruder Willi, der in England auf seine Entlassung aus der Gefangenschaft wartete, schickte ab und an ein Päckchen mit Tee und Keks, umwickelt mit ein paar Seiten der Luftpostausgabe der Londoner »Times«. Die hatte einen breiten Rand, daraus ließen sich Zigaretten-Blättchen passend schneiden. Nach einiger Übung hatte man den richtigen Dreh mit den Fingern raus, und mit viel Spucke eine (fast) normale »Aktive«. Na ja, bis auf die Krümel, die an den Lippen klebten.

Mit der Währungsreform 1948 öffnete sich die Welt des Duftes der großen, weiten Welt: Freie Wahl am Kiosk, im »Büdchen« an jeder Straßenecke, bald auch am Automaten. Alles da: von A wie «Atika« bis W wie »Winston«, erst ohne, dann auch mit Filter. Die »Salem« (die mit »Ich-will-auma«-Inge aus dem Kohlenkeller) und die »Navy Cut« (mit den friendly Tommies vom Prisoner-of-war-Camp in Mecklenburg). Alles probiert: Chesterfield und HB, Lucky Strike und Peter Stuyvesant, Marlboro und Gauloises. Und und und.

In den 50er Jahren kostete ein 12er-Päckchen »HB« noch eine D-Mark, in den frühen 70ern eine 18er-Schachtel zwei Mark. Rauchen galt lange als schick: 70 Prozent aller Männer rauchten, 40 Prozent Frauen. Am Arbeitsplatz, im Auto, im Restaurant, im Flugzeug, sogar im Krankenhaus.

Es dauerte lange, bis weit in die 80er Jahre, ehe Raucher als »Ausgestoßene« verdammt wurden. Durch massive Aufklärung über die gesundheitlichen Gefahren des Rauchens, durch Gesetze, Verbote und Aktionen, Schockbilder, Preiserhöhungen.

Noch raucht etwa jeder vierte Erwachsene. Die jungen Leute, Jungs wie Mädchen, sagen immer öfter »No smoking«. Noch rauchen zehn Prozent der unter 18-Jährigen, zur Jahrtausendwende waren es 28 Prozent.

Die 20er-Packung Zigaretten kostet heute sechs bis sieben Euro. Die Tabaksteuer ist neben Benzin die höchste in Deutschland: 75 Prozent. Wer täglich ein Päckchen qualmt, hat im Jahr satte 2000 Euro für seine Sucht bezahlt.

Ich bin Alt-Raucher, seit sieben Jahrzehnten, mit gelegentlichen Pausen. Als ich kürzlich an einem frostigen Wintertag mit der Bahn von Hamburg nach Rostock fuhr, wollte ich beim Zwischenstopp in Schwerin eine rauchen (im markierten Geviert des Bahnsteigs). Ich hatte nicht bedacht, dass die Bundesbahn auch überpünktlich sein kann. Der Zug fuhr ohne mich – und ich stand, ohne Mantel, gottverlassen auf dem Bahnsteig. Das Taxi nach Rostock, um die wichtige Konferenz nicht zu versäumen, kostete mich 190 Euro. Die teuerste Zigarette meines Lebens.

Das war's mit der Qualmerei, schwor ich mir. Ein paar Tage lang. Tapfere Tage quälender Enthaltsamkeit. Ich übe immer noch Enthaltsamkeit. Manchmal gelingt es. Meistens nicht.

Ich übe weiter.

Die erste Diät

Bei uns wird gegessen,
was auf den Tisch kommt

»Diät, die (griechisch), Krankenkost, Schonkost, spezielle Ernährungsweise ...jmdn. auf Diät setzen« – so erklärt es der Duden. »Spezielle Ernährungsweise«: Da war doch mal was?

»Höre nicht auf den Rat, den Dir andere geben, sondern höre, was Dir der Arzt und die Fürsorgerinnen sagen«, steht auf dem Deckblatt eines Ausweises der »Kinderfürsorge der Stadt Essen, Mütterberatungsstelle I b«. Für »Reinke, Helmut, geboren 30.5.28, Wohnung Bruchstr. 47«.

Bruchstraße, nicht Helmholzplatz in Essen-West? Ach ja, da zogen wir später hin. In der Bruchstraße bin ich geboren. Hausgeburt, wie damals üblich. Die Ecke war ein von Bergleuten bewohntes Viertel in der kriegszerstörten Essener Altstadt, wo heute die Universität ihren akademischen Nachwuchs ausbildet.

Kaum in diese 1928 von Wirtschaftskrisen geschüttelte Welt ausgesetzt, wurde ich ein mit Steuermitteln aufgepäppelter »Stammkunde« der Mütterberatungsstelle I b. Mutters Brust (Oma Mimi), die schon drei Kinder genährt hatte, hatte offenbar nicht die passende Milch für Säugling Helmut.

Jedenfalls bestand der Kinderarzt auf regelmäßiges Trinken von: Lebertran!

Dieser ölige Trunk ist wichtig für den Knochenaufbau. Lebertran enthält große Mengen Vitamin A und D. Heute gibt's Pillen zur Rachitis-Vorsorge. Zu meiner Kinderzeit war Lebertran üblich. Riecht nicht gut, schmeckt nicht gut, wird nur widerwillig geschluckt – igitt!

Am 19.6.28, genau 20 Tage nach meiner Geburt, die erste Eintragung in dem Ausweis, den ich noch besitze. Unter »Verordnung« steht: »½ l«. Und mein Gewicht: 3.550 Gramm. Na, Herr

Doktor, ein Siebenpfünder! So elend kann das Kerlchen nicht gewesen sein!

Den nächsten halben Liter gab es am 10.7. und am 31.7. Klein-Helmut hatte sich in zwei Monaten auf 10 Pfund (5.290 g) hochgeschluckt. Fortan bewilligte der Arzt den behördlichen Vitamin-Zuschuss einmal pro Monat, immer ½ Liter. Das Baby bedankte sich an seinem ersten Geburtstag mit elf Kilo Lebendgewicht. »Gut!« notierte zufrieden die Mütterberatung.

Noch nicht gut genug. Weiter ran an die (Tran)-Flasche! Am zweiten Geburtstag meldete Helmuts Waage stramme 13 Kilo. Fortan gab's gekürzte Portionen, nur ¼ Liter pro Monat.

Im Oktober 1931 schließlich stellte die Mütterberatung ihre Skelett-Stützaktion ein. Mit 15.900 Gramm (32 Pfund!) Entlassungsgewicht überließ sie mich der Obhut von Oma Mimi und ihren Kochkünsten …

Da galt die Devise: Gegessen wird, was auf den Tisch kommt.

Der war in der 30er- und 40er-Jahren nicht immer üppig gedeckt. Satt sind wir trotzdem geworden. Auf Kalorien achten? Kein Thema. Es gab viele Eintöpfe: Weißkohl, Rotkohl, Wirsing, Möhren, Kohlrabi, Blumenkohl. Äpfel, Birnen und Pflaumen aus Nachbars Garten. Freitags im Katholiken-Haushalt der Reinkes immer frischen Fisch oder Spinat mit Spiegelei (eins!). Fleisch war die Ausnahme, höchstens sonntags nach dem Kirchgang, mit vielen Kartoffeln und dicker Sauce. Das größte Stück des Bratens für Vater (Opa Hugo), weil der ja als Straßenbahnfahrer schwerer malochen musste und das Haushaltsgeld verdiente …

Einmal im Jahr, immer zu Weihnachten, kam ein Postpaket mit einer fetten Gans, die eine weite Reise hinter sich hatte. Opas Bruder Joseph in Ostpreußen hatte einen Bauernhof und neben einem großen Getreideacker auch Kühe und viele Gänse. Ein schwergewichtiges »Vögelchen« schickte er regelmäßig nach Essen, »damit Ihr am Christbaum was Ordentliches in die Rippen kriegt«. Uns an Schmalhans Küchenmeister gewohnte Kinder ist das viele fette Gänsefleisch gar nicht immer gut bekommen …

Im Übrigen half sich die Verwandtschaft – beide Eltern

stammten aus kinderreichen Familien – gegenseitig, wenn mal wieder Ebbe in der eigenen Kasse war. Die meisten Tanten und Onkel im Ruhrpott hatten kleine Gärten für den Eigenbedarf. Da fielen als willkommene Mitbringsel immer mal ein Kohlkopf, ein Bund Wurzeln, ein paar Kohlrabi, ein Säckchen frischer Kartoffeln oder ein paar Eier ab.

Umgekehrt backte Oma Mimi für die Tanten-Invasion (meist sechs, sieben wohlgenährte Damen!) beim traditionellen Sonntags-Kaffeeklatsch ein großes Blech mit Kuchen: Apfel, Birnen, Pflaumen, Stachelbeeren, Johannisbeeren, mit vielen Streuseln drauf. Die Tanten geizten nie mit frischer Sahne, die sie in randvollen Schüsseln vom Bäcker mitbrachte. Die Kinder und der Nachwuchs der Verwandten wurde vorab in der Küche abgespeist. Für Helmut, den »Kleinen«, gab's einen Klacks Sahne extra, »weil der als Baby den ekligen Lebertran schlucken musste und seither immer hinter was Süßem her war.«

Diät in der Reinke-Familie? »Wattissendatt?« Diät war ebenso wie Kalorien ein Fremdwort. »Bei uns werden die Teller leer gegessen!«

Die wurden dann wirklich leer, radikal leer, lebensbedrohlich leer: Als 1945 endlich, endlich der schreckliche Krieg endete. Als zehn Millionen Flüchtlinge und Vertriebene aus den Ostgebieten – auch der dicke Onkel Joseph vom ostpreußischen Gänse-Hof – ins zerstörte Land strömten. Als 20 Millionen Menschen in den Trümmern der zerbombten Städte (in Hamburg jedes zweite Haus!) verzweifelt eine Bleibe suchten. Als im eisigen. monatelangen Winter 1946/47 Elbe und Rhein zufroren, der Verkehr auf Schiene und Straßen erstarrte und die ohnehin klägliche Versorgung mit Lebensmitteln zusammenbrach.

Wir hatten Hunger. Morgens Hunger. Mittags Hunger. Abends Hunger. Nachts Hunger. Immer knurrende Mägen!

Dabei hatte ich die ersten Monate nach Kriegsende abgemagert, aber heil überstanden. Wir jungen Pow's (prisoner of war) – ich war in der Gefangenschaft gerade 17 Jahre alt geworden – wurden Ende Mai aus dem mecklenburgischen Bad Kleinen, wo uns US-Truppen aufgegriffen hatten, an die Ostseeküste in Holstein abgeschoben. In Blekendorf bei Eutin lagerten wir, mehr als hundert «Kindergarden-Soldaten», in einer schnell verlausten Scheune. Wir durften uns aber im Dorf frei bewegen. Und warteten auf die Feldküche, die an manchen Tagen auch anrückte. Mehr als eine dünne Suppe war nie im Kessel: »Da gucken ja mehr Augen rein als Fettaugen raus!«

Weil nicht nur der Hunger, sondern auch die Langeweile quälte, machte ich Else, der jungen Tochter der Bäuerin, schöne Augen – und ich kam bei ihr an. »Kannst dich nützlich machen.« Pferdestall ausmisten, den dreckigen Schuppen der Hühner reinigen (die waren alle geklaut worden), Unkraut jäten.

»Schon mal 'ne Kuh gemolken?« fragt Else. Hatte ich nicht. »Kannst du lernen.« Mit Else auf die Weide, 14 Kühe. Frühmorgens um fünf und abends um fünf ran an die Milchquelle. Jeden Tag, auch sonntags. Mein Lohn als Knecht: ein tägliches Mittagessen, Kartoffeln »soviel du willst«, Quark mit Schnittlauch. Nicht abwechslungsreich, aber lecker und machte satt!

»Fit!« schrieb ein englischer Offizier in mein Entlassungspapier. Im Spätherbst 1945 durfte ich nach Hause. In die Trümmerwüste Essen.

Dann begannen schlimme Jahre, Hunger-Jahre. Meine Eltern, Opa Hugo und Oma Mimi, abgemagert zu Skeletten. Wenigstens die Wohnung war nicht zerbombt. Wir räumten ein Nachbargrundstück vom Schutt frei, legten uns einen kleinen Garten an, um später Gemüse ernten zu können. Und hielten nachts Wache, weil überall geklaut wurde …

Wir fuhren mit der Eisenbahn über Land zum Hamstern. Aber wir hatten keine Perserteppiche, die Bauern im Tausch gegen Fleisch oder Fett gern nahmen. Wir suchten in abgeernteten Feldern nach Resten von Kartoffeln und Körnern von Getreideähren. Und klapperten die Verwandtschaft ab, die uns hin und wieder aus ihren Gärten was abgab. Wir hatten keine Ersparnisse für den blühenden Schwarzmarkt, wo ein Brot 190 Reichsmark kostete.

Es gab zwar Lebensmittelmarken, auch schon im Krieg, aber die waren 1946 und 1947 wenig wert: gähnend-leere Regale in allen Läden. »Hammernich!« lautete die Standard-Auskunft. Auf diese Marken hatte »Otto Normalverbraucher«, so nannte man normale Erwachsene, vom Staat Anspruch auf Lebensmittel im Wert von täglich 1500 Kalorien. Das absolute Minimum – zum Überleben.

Wenn es überhaupt Brot, Butter, Käse, Wurst im Angebot gab … Oder ein paar Kartoffeln oder Gemüse oder Steckrüben …In einer Großstadt wie Essen, ohne bäuerliches Hinterland, reichte es oft nur für 700 bis 800 Kalorien …

Um sich solche Hunger-Rationen heute noch vorstellen zu können, hier die Richtwerte für die täglich notwendige Energiezufuhr bei überwiegend sitzender Tätigkeit (aber ohne sportliche Aktivitäten!):

Kalorienbedarf für Männer: 19 bis 25 Jahre 2500 Kalorien (kcal), älter als 65 Jahre 2000 kcal. Frauen: unter 19 Jahren 2000 kcal, von 51 bis unter 65 Jahren 1800 kcal.

Eine Pizza hat 800 Kalorien! Ein Teller Kürbissuppe 350 kcal. 100 g Butter 742 kcal. Ein Ei 151 kcal. Und bei jeweils 100 Gramm: Mehrkornbrot 238, Toastbrot 248, Vollkornbrötchen 246, Kekse 322, ein Berliner 334, Frischkäse 334, 100 ml. Olivenöl 900 (!) und ein Apfel 52 Kalorien. Wer googelt, findet eine Kalorientabelle für 900 Lebensmittel …

Noch einmal ein Blick zurück. Mit Ruth, mit der ich ab 1946 befreundet war, teilte ich ihre tägliche Portion Schulspeisung, sämige Suppe aus Erbsmehl oder Mais, die in den Schulen an Kinder und Lehrer verteilt wurde. Dafür brachte ich Ruth ein »Bütterchen« mit (ohne Butter oder Margarine), belegt mit selbst gemachter Holunderbeeren-Marmelade. Und wir strahlten, wenn Oma Elli ein paar Scheiben Weißbrot ergattert hatte, die sie in Fett röstete und mit Zucker bestreute. »Armer Ritter« hieß die Delikatesse.

Wir waren jung, zäh, schlank. Sehr schlank. Wir haben überlebt.

Hunderttausende, so amtlichen Schätzungen, sind in den schrecklichen ersten Nachkriegsjahren verhungert oder erfroren.

Ab 1948 ging's bergauf. Nach der Währungsreform, als die D-Mark die wertlose Reichsmark ablöste, füllten sich schnell die Regale mit Lebensmitteln. Die Gaststätten hatten wieder mehr auf der Speisekarte als die bedauernde Auskunft »hammernich«.

Es gab überall saftige halbe Brathähnchen am Spieß, im Kiosk an der Ecke eine volle Tüte Pommes mit viel Mayo, beim ersten Italiener die bisher unbekannte Pizza und in der Stammkneipe neben frisch gezapftem Bier eine noch ofenwarme Boulette aus Schweine- oder Rindfleisch, und nicht mehr die Ersatz-Frikadelle vom Rossschlächter …

Wir waren nicht verwöhnt, kümmerten uns nicht um Diät oder Kalorien. Wir lebten gesund und bescheiden. Und die Kleidergrößen veränderten sich lange nicht.

Doch mit den Jahren, schleichend, dreht der Stoffwechsel des Körpers auf langsamere Touren – und rund um die Hüften sammeln sich Fettpölsterchen an. Da kneift schon mal der Hosenbund, da lässt sich der mittlere Knopf des Jacketts nicht mehr locker schließen. Du kaufst ein paar neue Kleidungsstücke. Aber das Spiel rund um die Figur geht weiter. Die Hose ist, obenrum, irgendwann wieder zu eng.

Dann kommt der Tag, an dem du der Frage nicht mehr ausweichst: Musst du nicht doch mal an Diät denken?

In seiner TV-Sendung »Hirschhauses Quiz des Menschen« stellte Dr. Eckart von Hirschhausen, ein gelernter Arzt, seine Methode vor, mit der er sich um zehn Kilo erleichterte: Intervallfasten.

Die Formel ist simpel, ihr Name »8/16«:

Acht Stunden lang essen, was immer man mag, dann konsequent 16 Stunden fasten!

Das kam meiner Lebensweise sehr entgegen. Ich gehe spät schlafen, stehe aber morgens ungern früh auf. Meine Idealzeit: Zwischen 9 bis 17 Uhr ganz normal essen. Danach ist Fastenzeit, 16 Stunden lang. Wichtig: viel trinken, zwei Liter täglich mindestens.

Das ließ sich gut an. Ein paar Pfunde purzelten runter. Dann kam 2019 ein Zwangsaufenthalt im Krankenhaus: Die Ärzte diagnostizierten eine schwere chronische Niereninsuffizienz. Das bedeutet: Seit Mai 2019 zwei- bis dreimal die Woche Dialyse, jeweils vier Stunden Blutwäsche in einem Nieren-Zentrum in Reinbek. Wie lange noch? Ende offen ...

Vor allem mit dem Trinken muss ich mich zurückhalten: Maximal täglich ein Liter. Fürs Essen gibt es für Dialysepatienten einen Fahrplan.

Abends ein- oder zweimal nichts zu essen ist erlaubt und nicht anstrengend – gesund wie Intervallfasten ala Doktor Hirschhausen. Vielleicht brauche ich demnächst neue Hosen. Eine Nummer schmaler ...

Das erste Fernsehen

Mein erster Fernsehabend mit Besen- und Bohnenstangen

»Geglückter Fernsehstart in Nordhessen« – die Schlagzeile in fetter Futura läuft über Blattbreite. Aufmacher Seite 3. Name der Zeitung: »Kasseler Post«. Eine von drei Tageszeitungen im Schatten der nahen Zonengrenze zur DDR, der Deutschen Demokratischen Republik, dem anderen, dem abgesperrten Deutschland. Drei Tageszeitungen vor Ort! Welch ein Luxus an journalistischem Angebot für den Leser – noch hat der Blätterwald Hochkonjunktur und nicht der Pleitegeier, der Zeitungen und Zeitschriften weggrafft.

Wir schreiben das Jahr 1953. Kassel, eine Stadt im Auf- und Umbruch, die sich langsam erholt von den gewaltigen Zerstörungen im Zweiten Weltkrieg.

Es ist Montag, der 23. März 1953. Ein freundlicher Vorfrühlingstag, wolkenlos. Über »Haus Wattberg« im Kreis Hofgeismar nahe Kassel scheint eine milde Abendsonne. Doch die zwei Dutzend Männer und Frauen, die auf den 351 Meter hohen Wattberg fahren, sind nicht zum Feierabend-Bier in dem beliebten Ausflugslokal eingekehrt. Sie wollen den Start eines neuen Zeitalters erleben:

Sie wollen fernsehen. Live.

Fernsehen steckt in den frühen 50er Jahren in Deutschland noch in den Kinderschuhen. Es gibt Weihnachten 1952 zwar schon eine erste »Tagesschau«, sogar eine erste Ansagerin – Irene Koss, deren kurzgeschnittene Frisur schnell Nachahmerinnen findet –, Test-Sendungen in ein paar Großstädten wie Hamburg, Berlin, Köln und Frankfurt, aber gerade mal ein paar tausend Fernsehgeräte. Die sind sündhaft teuer: runde 1000 D-Mark für ein Tischgerät (beim Monatsverdienst um 300 D-Mark). Die

Bildschirmgröße fipsig: gerade 22 mal 29 Zentimeter, Schuh-karton-Format.

Die Männer und Frauen, die sich den nordhessischen Hügel zum Fernsehen auskucken, haben mich, den jungen Reporter der »Kasseler Post«, mitgenommen. Fernsehen kenne ich nicht vom nah sehen, höchstens vom Hören sagen. Ich bin neugierig, was da aus dem neuen »Kuckkasten« kommen soll und als »Zauber-spiegel« angepriesen wird.

Die Kasseler Rundfunk-Mechaniker haben monatelange rum-gebastelt, sind auf alle »Berge« der Kasseler Umgebung gestiegen, haben große Antennen gebastelt, um Empfangsmöglichkeiten der nächstgelegenen Sendeanlagen zu finden: Nirgendwo ein kla-res Bild, nur graue verwackelte Mattscheiben. Auch vom hohen Herkules gibt es kein Fernsehen auf einen Kasseler Bildschirm. Bis nach langen Berechnungen der Wattberg als empfangsgüns-tigster Ort gefunden wird.

Über die Fernsehpremiere soll ich in allen Einzelheiten in der »Kasseler Post« berichten. Das liest sich dann so:

»Und so baute man am Montagabend ab 19.30 Uhr auf: Den modernen »Blaupunkt«-Direktempfänger, der an der Bild-röhre – dem wichtigsten Teil des Gerätes – eine Spannung von 14000 Volt hat, die aber völlig ungefährlich ist. Die Einstel-lung des Gerätes ist einfach, wie bei einem modernen Radio: Mit einem Knopf wird das Bild, mit einem anderen der Ton reguliert. Mit der im Gerät eingebauten Dipol-Antenne war das NWDR-Sendezeichen (*Nordwestdeutscher Rundfunk*) be-reits schwach zu sehen.« Der NWDR-Sender Langenberg im Rheinland ist vom nordhessischen Wattberg 145 Kilometer entfernt.

Auf ihre Spezial-Antenne sind die Techniker besonders stolz. Und das soll der Reporter bitte auch ganz genau beschreiben: »Die Antenne besteht aus Strahlern und Reflektoren, ist vier-stöckig, dadurch vier Meter lang und aus 16 Teilen zusammen-gestellt. Sie wurde auf dem Balkon des Hauses Wattberg mit Gartenbesen und Bohnenstangen befestigt.«

Dann schlägt die Stunde der Wahrheit. Fernseh-Premiere in Nordhessen:

»20.15 Uhr. Alles umstand im Gastraum gespannt den Bildschirm. Auf der erleuchteten Scheibe kristallisierte sich nach kurzer Einstellung das klare Bild heraus. Ein Mann erläutert die Wetterkarte, eine junge Dame führte weiter ins Programm ein, ein Kurzfilm über Billardspielen folgt, ein interessanter Dokumentarstreifen aus einer Bildungsanstalt an der afrikanischen Goldküste, eine wissenschaftliche Plauderei über das Sinnesleben der Spinne … Zwei Stunden Heimkino, man sitzt zwei, drei, vier Meter entfernt vom Bildschirm entfernt, freut sich, dass 100 Minuten lang das Bild gleichbleibend klar ist, reguliert den Ton – wie's einem gefällt. Manchmal »verreißt« ein Bild, aber das lässt sich mit einer kleinen Drehung an einem der Knöpfe schnell regulieren, genauso wie man beim Radio den Ton einstellt.«

Mit einem Kommentar zu den Sendungen des Abends hält sich der Reporter dezent zurück. Die Premiere-Zuschauer sind da weniger zurückhaltend. »Langweilig!« Das ist noch die mildeste Kritik. »Da muss aber mehr kommen!«

Kommt auch. Und wie! Das Fenster in das neue Zeitalter, das unseren Alltag verändern wird, ist gerade mal einen Spalt geöffnet.

Im Juni 1953 wird die Krönung von Elizabeth II. in London europaweit live übertragen; in Kinos, Kneipen und vor Schaufenstern drängt sich das neugierige Publikum. Der britische Kameramann trägt Frack und bedient die Kamera mit weißen Handschuhen …

HÖRZU, die führende Radio-Programmzeitschrift, veröffentlicht jetzt regelmäßig auch Fernseh-Infos: täglich ganze 4 Druckzeilen! Toto, Nachrichten, Wetter, Filme. »Zauberspiegel« nennt die HÖRZU ihren spärlichen Programm-Service, den sie bald erweitern muss.

Am 4. Juli 1954 steht die geteilte deutsche Nation Kopf, vorm Radio vor allem und auch schon vor den ersten 10.000 registrierten Fernsehteilnehmern: Deutschland schlägt Ungarn 3 : 2 und wird Fußball-Weltmeister!

Das »Wunder von Bern« – ein unvergessliches Datum in den Geschichtsbüchern. Unvergessen die 84. Minute bei prasselndem Regen im Berner Wankdorf-Stadion. Der aufgeregte Radio-Reporter Herbert Zimmermann: »Aus dem Hintergrund müsste Rahn schließen … Rahn schießt … Tor! Tor! Tor!« Der Essener Helmut Rahn, gefährlicher Stürmer bei Rot-Weiß Essen, wird zum Liebling der Fußball-Fans und muss in den Ruhrpott-Kneipen, die er ausgiebig aufsucht, immer wieder erzählen: »He'mut, sa'ma, wie war dat mit dat dritte Tor?«

Vorbei die Zeiten, dass Fernseh-Zuschauer wie die auf dem nordhessischen Wattberg über gähnende Langeweile des Programms klagen. Namen sind Nachrichten, große Namen. Die bringen Publikum. Vor allem Live-Sendungen sind gefragt. Es gibt zunächst nur den einen Sender, die ARD, das Erste.

Peter Frankenfeld und Hans-Joachim Kulenkampff (»Einer wird gewinnen«) sind jahrelang, jahrzehntelang die Stars der Abend-Unterhaltung. Das Ohnsorg-Theater, noch heute beliebt, hat mit Heidi Kabel in den frühen 50er Jahren TV-Premiere. Eine Serie wie die »Familie Schölermann« kommt auf 111 Folgen. Den Grand Prix Eurovision gibt es auch schon, und Lys Assia wird Siegerin mit »Oh mein Papa«. Um den »Platz für Tiere« kümmert sich der liebenswerte Professor Grzimek vom Frankfurter Zoo, der sich »um mehr Achtung vor den Tieren« bemüht.

Die Fernseh-Industrie drückt auf Tempo. 1957 meldet sie stolz die erste Million angemeldete Fernsehzuschauer. Nur ein Jahr später zu Weihnachten sind es schon zwei Millionen.

Und die ersten Kinos machen Pleite …

Die «Tagesschau« ist jetzt täglich dabei, pünktlich um 20 Uhr. Danach folgen drei Stunden Programm, ehe die Bildschirme dunkel werden.

Zwischenbilanz nach einem Jahrzehnt: 1962 sieben Millionen Empfänger. Die Säulen des Programms sind noch dieselben: Kuli, Frankenfeld, Kabel, Grzimek. Jürgen Rolands Krimiserie

»Stahlnetz« wird zum Straßenfeger, »Familie Hesselbach« hält 42 Wochen durch, Inge Meysel als »Unverbesserliche« wächst zur »Fernsehmutter der Nation«. Hollywood schickt sonntags die »Bonanza«-Helden von der Ponderosa-Ranch in die Prärie. Und Peter Alexander singt sich in die Herzen des Publikums.

Mit der Alleinstellung der ARD ist es 1963 vorbei. Das ZDF in Mainz dreht mächtig auf, und die Mainzelmännchen machen dazu täglich ihre Werbe-Späße – für einen Spot von drei Sekunden sind 70 Zeichnungen notwendig.

Auch die Dritten in den Bundesländern mausern sich. Alle brauchen neue Köpfe, neue Ideen. Rudi Carrell hält die Abend-Show »Am laufenden Band« erfolgreich am Laufen, Hans Rosenthal gewinnt mit »Dalli-Dalli«, Wim Thoelke mit »Der große Preis«. Erik Odes »Kommissar« klärt 97 Wochen lang Verbrechen und Karel Gott besingt ein halbes Jahr lang die kleine »Biene Maja«. Frank Elstner erfindet »Wetten, dass …«, den Abend-Renner, den Thomas Gottschalk jahrelang weiterführt.

König Fußball treibt regelmäßig die Einschaltquoten hoch (und die Preise für die Lizenzen). Beim Endspiel England – Deutschland der Fußball-Weltmeisterschaft 1966 schalten sich europaweit 400 Millionen Zuschauer ein; Deutschland verliert 2:3 nach einem umstrittenen Tor.

Das Fernsehen wird bunt (1967), »Der Mond ist jetzt ein Ami« schreibt die BILD-Zeitung nach der Landung des ersten Amerikaners auf dem Mond (1969). Die DDR hat jetzt zwei Fernsehprogramme und ihren »Kessel Buntes« und das Sandmännchen, die auch den Zusammenbruch der DDR überleben. Zum ersten Mal wird eine Domäne der Männer geknackt: Wibke Bruhns spricht als erste Frau die Nachrichten bei »heute«.

Der 29. November 1970 wird zur Geburtsstunde einer Serie, die heute noch jeden Sonntagabend im Ersten mit Garantie-Siegel läuft. Krimi-Autor Friedhelm Werremeier hat den grantigen Kommissar Trimmel erfunden, der mit »Taxi nach Leipzig« Premiere hat. Titel der Dauer-Serie mit später wechselnden Ermittlern: Tatort.

Auf Dauer-Erfolg abonniert sind auch die Produktionen des Berliner Fernsehmachers Wolfgang Rademann: Die »Schwarzwaldklinik« und das »Traumschiff« sind Publikums-Renner genau wie der »Landarzt« von den Schlei.

Drei Jahrzehnte wächst das Fernsehen munter und unaufhaltsam nach oben, ein Milliarden-Unternehmen, öffentlich-rechtlich organisiert in ARD- und ZDF-Fernsehanstalten und durch Gebühren vom Publikum finanziert, im Osten mit zwei Programmen bis 1990 staatlich gelenkt.

Ab Mitte der 80er Jahre dürfen im Westen die Privaten mitspielen, ihr Geld müssen sie durch Werbung verdienen. Und sie räumen ab … Nach der Wende 1989 werden aus dem Fernsehfunk im Osten die Länderanstalten der neuen Bundesländer.

Heute ist das Feld im Wesentlichen verteilt: ADR und ZDF sind finanzstarke Blöcke auf der einen Seite, RTL und Sat1 bissige Konkurrenten auf der anderen Hälfte, daneben mühen sich die Dritten und kleinere private Sender um Einschaltquoten – insgesamt etwa 150 Fernsehsender. Geöffnet fürs Publikum ist rund um die Uhr …

In 95 Prozent aller Haushalte steht heute mindestens ein Fernseher, überwiegend Farbe. Laut regelmäßiger Fernsehforschung läuft der »Kasten« etwa dreieinhalb Stunden pro Tag: bei den Alten länger (190 Minuten) als bei den Jungen (70 Minuten). Die 14- bis 29-Jährigen steigen aus – und um. Sie sind heute länger im Internet als vor der »Glotze«.

Die neue Konkurrenz ist aggressiv. Netflix, Google, Facebook, Amazon, Apple, Youtube wollen auch Kasse machen. Sie produzieren die großen, teuren Serien made in USA und drängen in den Markt.

Das Zuschauerverhalten ändert sich. Die Zeiten, in denen sich abends um 20 Uhr die Familie zum gemeinsamen Fernseh-Erlebnis versammelte, sind selten geworden oder ganz vorbei. Jeder geht seine eigenen Wege, jeder kann sein eigener Programmdirektor sein. Zu jeder Tages- und Nachtzeit. Und seine Lieblingssendung empfangen.

Nur unterwegs im Funkloch ist immer noch alles Mattscheibe.

Am 23. März 1953, also in der Steinzeit des Fernsehens, musste ich als junger Reporter erst einmal auf einen nordhessischen »Berg« steigen, ehe ich über eine vier Meter hohe Antenne aus Gartenbesen und Bohnenstangen die ersten Fernsehbilder meines Lebens sah.

Heute laufen die Bilder auch in meiner Hosentasche …

Das erste Glück auf

Steiger Erich zeigt mir
»wat Maloche vor Kohle iss«

»In meiner Heimat, dem Ruhrgebiet, gibt es eine sympathische Grußformel: Glück auf sagen die Bergleute, wenn sie ein-, also runterfahren. Glück auf sagen sie, wenn es wieder nach oben geht. Ein Gruß wie ein Schutzengel für schwierige Berufe. In diesem Sinne: Glück auf Ihnen allen für die neue Fahrt – Glück auf für den Weg nach oben.«

Mit diesen Worten hatte ich mich als HÖRZU-Chefredakteur von meinem Team im Spätsommer 1989 in Hamburg verabschiedet, um neue Aufgaben für den Springer-Verlag im In- und Ausland zu übernehmen.

Mein erstes Glück auf liegt lange zurück. Es war in den frühen 50er Jahren, als ich bei der »Essener Allgemeinen Zeitung« (EAZ) und der »Westdeutschen Allgemeinen Zeitung« (WAZ) als junger Redakteur arbeitete.

Steiger Erich aus einem Clan mit Bergbau-Tradition – und Vetter von Ruth, die der weitverzweigten Familie der Niederhagemänner in Bochum-Höntrop entstammt – lud mich ein: »Du Büro-Mensch, hass doch kein Schimmer, watt Maloche vor Kohle iss! Ich zeig dich dat mal, damitte Bescheid weiss.«

So sprach Erich. Sauberes Deutsch konnte der studierte Steiger sehr wohl. Wenn er wollte. Wollte er aber nicht immer, vor allem nicht, wenn er ein paar Striche zu viel auf seinem Bierdeckel in seiner Stammkneipe hatte …

Schicht auf Zeche »Hannover« in Bochum, vielleicht auch auf »Lieselotte«, die 1958 als erste Bochumer Zeche geschlossen wurde, als die Kohlenkrise im Ruhrgebiet ihre tiefen Schatten warf. Ich habe die Namen nicht mehr drauf. Lauter wohlklingende Namen: Gottessegen in Dortmund, Bergmannsglück in

Hattingen, Amalie in Essen-West, wo ich bei meinen Eltern wohnte, Helene in Essen-Altenessen, wo Ruth ihre Kinder in der Volksschule unterrichtete.

Also meine erste Fahrt in Arbeitsklamotten. Schutzhelm auf. Zur Begrüßung ein erstes Glück auf. Mit dem offenen Förderkorb geht es runter, auf 600, 700 Meter. Flottes Tempo. Rasantes Tempo. Die rechte Hand fest am Haltegriff. Es rattert und klappert. Es ist windig. Kräftige Zugluft.

In kleinen offenen Transportwagen rumpelt es durch breite ausgeleuchtete Stollen, die aussehen wie halbrunde Höhlen. Die Fahrt durch das Labyrinth dauert. Steiger Erich erklärt ausholend. Und erklärt. Und erklärt. Ich verstehe Bahnhof. Bergleute haben ihr eigenes Vokabular, das sich über Jahrhunderte entwickelt hat. Bergbau gibt es seit dem 12. Jahrhundert!

Dann sind wir da. Vor Ort. Vor Kohle. Im Streb. Da ist es enger als in den Stollen. Sehr eng sogar. Und staubig. Und windig. Wetter heißt das im Pütt. Damit sich keine Gase bilden, wird ständig Luft durch den Schacht geblasen.

»Jetzt zeig mal, ob du Muckis hast«, sagt Erich. Und zu einem Kumpel, der gerade an einem dicken Kohlebrocken rumbohrt: »Lass ihn mal ran.« Und drückt mir den schweren Abbauhammer in die Hand. Das Ding wiegt ein paar Kilo. Mit den ganz schweren Drucklufthämmern hast du bis zu 14 Kilo in der Hand.

»Von oben drücken, feste zudrücken«, kommandiert Erich. Ich versuche. Drücke. Das geht aber in die Arme! Das halt ich nicht lange durch. Kleine Kohlebrocken fallen runter, mir zum Glück nicht auf die Schuhe. Die Arbeitsschuhe haben vorne harte Kappen.

»Jetz weisse, wat Maloche iss«, grient Erich und gibt dem Kumpel sein Arbeitsgerät zurück.

Jetzt weiß ich, was Maloche ist. Ein verdammt harter Job. Auch wenn Jahre später die Arbeit unter Tage leichter wird, weil moderne Schrämmaschinen die Abbauhämmer ablösen und die Knochenarbeit weniger kraftraubend ist.

Als wir wieder oben sind, in der Waschkaue, wo wir uns den

klebrigen schwarzen Staub abseifen und die dreckigen Klamotten wechseln, sage ich lautstark. »Glück auf, Erich. Danke.«

»Nee«, sagt Erich und steuert zielsicher seine Lieblingskneipe an, »jetzt kippen wir erssma 'en Klaren und dann ein Bier zum Runterspülen.« Oder auch zwei oder …

Als Redakteur in Essen, bei EAZ und WAZ und danach in den 60er Jahren auch bei BILD, habe ich viele Berichte geschrieben, in denen es um den Bergbau geht. Ernste und heitere, über ganz normale Mitmenschen und über Prominente. Zum Beispiel Hardy Krüger.

Der Filmstar, Geburtsjahr 1928, dessen Karriere als 16-Jähriger mit »Junge Adler« begann, war mit seinem Regisseur Alfred Weidenmann im Winter 1954 im Ruhrrevier unterwegs. »Mal sehen, wie die Kohlen gebuddelt werden, mit denen wir uns oben einheizen«, sagte er mir, als ich ihn auf Schacht 12 der Zeche Zollverein begleitete. »Ich habe viel gelernt«, meinte er nach der langen Schicht im Schacht. Einen Bergmannsfilm mit ihm gab es leider nicht.

Hardy Krüger, der inzwischen 90-jährig in Hamburg lebt und nach weltweiten Erfolgen als Filmstar und Buchautor immer mal wieder im Fernsehen zu sehen ist, traf ich 1987 im Berliner Springer-Haus wieder. Er war einer unserer Preisträger der von HÖRZU verliehenen Goldenen Kamera. Wir beiden »Kumpel« von Zeche Zollverein hatten einen schönen Abend …

In der WAZ-Redaktion an der Essener Schederhofstraße arbeitete Sport-Redakteur Wilhelm Herbert Koch, mein Flur-Nachbar. Koch hatte 1954 eine typische Ruhrpott-Figur erfunden, den Kumpel Anton und seinen Freund Cervinski. 40 Jahre lang, immer in der Wochenend-Ausgabe, schrieb er kleine, amüsante Geschichten aus dem Alltag der Bergarbeiter. In einem Mischmasch-Deutsch, das so oder ähnlich im engeren Ruhrgebiet gesprochen wird.

Es macht mehr Spaß, wenn man sich die Stories laut vorliest, auch wenn man nicht alles versteht. Eine Kostprobe, verkürzt:

»Anton«, sachtä Cervinski für mich. »hasse schomma gehört, dattet ne männliche unne waipliche Ortnunk gippt?«

»Nä«, sarich.

»Gipptet aber, Anton«, sachtä Cervinski. »Anton, wennze aams im Bett geess, dann kannze nich aimfach im Bett geen! Dann sachti Olle ärss: Hänkti Buxe orntlich übern Bügel? Un wie hasse dat Hempta widder hingeschmissen, du alten Klüngelpott. Unti Strümfe kannze ruich übern Stuhl legen, die brauchse nich aimfach auffe Erde schmeissen! Anton, und dat isti waipliche Ortnunk …«

Dann erzählen beide, dass bei ihnen zu Hause »auffe Anrichte sonne Pötte stehn, aus Pozzelan, wo Feffer un Salz un Zucker un Fannilje draufsteht.«

»Anton«, sachtä Cervinski, »wennzema nachkux, wata drin is, dann ista immer wat anderet drin alz wie da drauf steht. In Feffer sinti Maaken aussen Konsum, un in Salz istat Backpulver, un in Fannilje Heftzwecken un Binnfaan … Anton, wenn da wat drauf steht, dann mussta auch drinsein, watta draufsteht. Dattis eem die männliche Ortnunk, Anton.«

»Aber wennich zu meine Olle sach: Maingottnomma, tu doch datta drin, watta draufsteht! Dann sachze: Für son Blöözinn happich keine Zeit.«

Das zum Thema »Unterschiet zwischen die männliche unti waipliche Ortnunk. Bei die waipliche Ortnunk tun die Männer watti Weiber sagen, aber bei die männliche Ortnunk sagen die Weiber, datt wär doch Blöözin.«

Das ist die heitere Seite im »Pütt«.

Die andere ist die gefährliche, tödliche Seite des Bergbaus. Weltweit sterben Bergleute bei Schlagwetter-, Kohlenstaub- und Sprengstoff-Explosionen oder Wassereinbrüchen. Vor allem in China, der Ukraine, in Russland und der Türkei, wo Sicherheit keinen so hohen Stellenwert hat wie Deutschland.

Auch der deutsche Bergbau hat schlimme Katastrophen erlebt. Die meisten Opfer gab es 1946 bei einer Schlagwetter-Explosion auf Zeche Grimberg im westfälischen Bergkamen: 405 Tote. In der Grube Luisenthal im saarländischen Völklingen ließen 1962 insgesamt 299 Kumpel ihr Leben.

Das weltweit größte Aufsehen erregte am 24. Oktober 1963 der Wassereinbruch eines Klärteichs in der Erzgrube »Mathilde« in Lengede (Niedersachsen) mit 29 Toten.

Die ganze Grube wurde bis zur 60-Meter-Sohle überflutet. Von den 129 Männern unter Tage konnten 79 wenige Stunden später, zum Teil über Strickleitern, nach oben flüchten. Nach einer Suchbohrung wurden tags darauf noch sieben Kumpel gerettet.

Aber die Rettungstrupps gaben die Suche nach Vermissten nicht auf, obwohl auf dem Werksgelände bereits eine Liste mit den Namen von 39 für tot erklärten Bergleuten auslag und die Trauerfeier für den 4. November angesetzt war.

Am Sonntag, dem 27. Oktober und dem dritten Tag nach der Katastrophe, alarmieren starke Klopfgeräusche aus 79 Meter Teufe (Tiefe) die Retter. Drei Hauer sind eingeschlossen (ein vierter ist tot). Durch ein Bohrloch, mit gut fünf Zentimeter Durchmesser nicht viel größer als ein Abflussrohr im Waschbecken, werden sie mit Nahrung und Getränken versorgt.

Jetzt müssen die »Dahlmänner« mit ihrer hochmodernen schweren Technik ran: Ingenieure aus dem Emsland, die normalerweise nach Öl bohren. Sie bauen ihren stärksten Bohrer auf, Durchmesser 60 Zentimeter. Nur ganz langsam frisst sich die Brumme durch das harte Gestein.

Endlich, am 1. November, aufatmen: Der Durchbruch ist geschafft! Ein Grubenwehrmann fährt mit einer Rettungs»bombe« ein. Die ist mannsgroß, sieht wie eine schlanke Rakete aus und misst gerade mal 40 Zentimeter Durchmesser. Wie gut, dass die Kumpel schlank und rank sind! Mit dieser »Rakete« geht es, Mann für Mann, nach oben.

Das Wunder von Lengede, erster Akt.

Aber: Noch ist die ganze Belegschaft des Reviers Osten 92, insgesamt 21 Männer, vermisst. Die Bergleute, die sich im Schacht gut auskennen, wollen Klarheit, fordern neue Bohrungen. Hoffen auf Überlebende im »Alten Mann«. Das ist eine Höhle, die ihrem Schicksal überlassen bleibt, nachdem das Erz abgebaut ist.

Sonntag, 3. November, 6 Uhr 45: Ein Bohrer durchstößt in

56 Meter Teufe die Decke der Höhle. Und von unten kommen schwache Klopfzeichen!

Das Wunder von Lengede, zweiter Akt, beginnt.

Elf Kumpel sind im »Alten Mann« gefangen, seit zehn Tagen ohne Essen, ohne Licht, in einer engen Höhle. Sie haben Luft, trinkbares Wasser. Die Rettungstrupps lassen durch ein 58-Millimeter-Bohrloch Mikrofone nach unten, Taschenlampen, später auch eine Kleinstkamera, mit der sie jede Ecke der Höhle fotografieren – und sich selbst.

Zehn weitere Bergleute im »Alten Mann« waren tot: erschlagen durch herunter gefallene Gesteinsbrocken,

Durch das enge Rohr werden die elf Überlebenden mit Essen, Säften und Kleidung versorgt. Wenn sie vor Erschöpfung einschlafen, muss einer am Mikrofon Wache halten und jede Bewegung sofort nach oben melden.

Und jetzt wühlt sich ein zweiter, ein gewaltiger Bohrkopf (60 cm Durchmesser!) mit seinen wuchtigen Stahlzähnen durchs Gestein in die Tiefe.

Zentimeter für Zentimeter. Tag und Nacht. Ganz langsam, ganz vorsichtig,

Das Werksgelände ist hell erleuchtet. Das NDR-Fernsehen hat rund um die Unglücksstelle Scheinwerfer aufgebaut, berichtet live. BILD hat sechs Reporter vor Ort. Ich bin von Köln aus, wo ich die BILD-Redaktion leitete, nach Lengede abgeordnet worden, »du kennst doch den Pütt«.

Wir Reporter haben den Nebenraum einer Kneipe geentert, das einzige Telefon auf Dauerleitung in die Hamburger Zentrale geschaltet. BILD berichtet täglich auf vielen Seiten. Wir schlafen kaum oder zwischendurch mal im Auto, schreiben uns die Finger wund und sind vor allem draußen vor Ort, interviewen Einsatzkräfte und erfahrene Kenner des Bergbaus, Familien-Angehörige der Opfer, überlebende Kumpel. Und schreiben über alles, was um uns herum passiert.

In der Nacht vom 6. zum 7. November harre ich die ganze Nacht unmittelbar am Bohrloch aus. Höre das unheimliche pausenlose Rattern, blicke immer wieder hoch zu den »Dahlmännern«, die am sich drehenden Bohrgestänge mit weißer Kreide Zentimeter für Zentimeter einen Strich machen. Geredet wird kaum.

Eine gespenstische Nacht. Jeder weiße Kreidestrich mehr ist ein Zentimeter mehr Hoffnung auf baldige Rettung.

In dieser Nacht muss es gelingen. In dieser Nacht bange und hoffe ich inbrünstig mit allen am Bohrloch, dass alles gut wird. Dass die brüchige Höhle nicht noch im letzten Augenblick einbricht, wenn der schwere Bohrkopf durchstößt.

Am 7. November morgens um sieben Minuten nach sechs Uhr stößt der Bohrer durch. »Es staubt«, hustet ein Kumpel unten in der Höhle. Und der »Alte Mann« hält stand!

Das ist der Augenblick, als ein Steiger, der am Bohrloch neben mir steht, tief durchatmet und sagt: »Gott hat mitgebohrt.« Wir haben das genauso empfunden, und wir haben beide geheult.

Die Schlagzeile in BILD, fünf Zentimeter hoch, hieß am nächsten Tag: »Gott hat mitgeholfen«. In meinem Text steht das Originalzitat: »Gott hat mitgebohrt«.

Dass in BILD aus dem »mitgebohrt« ein »mitgeholfen« wurde, ist eine schöne redaktionsinterne Story. Ich redete, nachdem wir alle unsere Berichte über den gelungenen Abschluss der Rettungsaktion nach Hamburg durchtelefoniert hatten, noch mit dem Nachrichtenchef von BILD. »Wie findest du die Headline ›Gott hat mitgebohrt‹?« fragte er. Meine Antwort: »Ja, so hat es der Steiger gesagt. So habe ich es geschrieben. ‚Gott hat mitgebohrt‘ war genau die Stimmung in dieser Minute am Bohrloch. Ich habe das nicht als Einziger so empfunden.«

Aber mein Freund Karl-Hugo Dierichs, der mich in der Kölner Redaktion während meines Lengede-Einsatzes vertrat, kriegte Bedenken, als er den Fahnenabzug der fertigen Seite 1 mit der Schlagzeile ›Gott hat mitgebohrt‹ sah. Er telefonierte mit dem Nachrichtenchef. Lebhafte Diskussion im Hamburger Produktionsraum von BILD, »kann man doch nicht machen«. Änderung der Schlagzeile in letzter Minute vor Andruck in »Gott hat mitgeholfen«. Passt auch rein, fünf Zentimeter groß. Ich war zwar sauer, als ich das sah, aber Karl-Hugo hatte Recht und richtig reagiert.

Die Rettung der elf Kumpel aus der brüchigen Höhle war am späten Mittag des 7. November abgeschlossen. Nach regennassen Tagen schien die Sonne, als einer nach dem anderen mit der Rettungs-»Rakete« der Dahlmänner nach oben gezogen wurde – nach 14 qualvollen Tagen und Nächten endlich wieder im Tageslicht.

Das Wunder von Lengede ist Geschichte. Es gibt Filme, Bücher, ungezählte Berichte in Zeitungen und Zeitschriften, weltweit.

Mein Lengede-Einsatz endete am späten Abend des 7. November. Gerade noch rechtzeitig, um mit Ruth, der schlafenden Corinna und Oma Elli in unserem Haus in »Sankt Ommeln«, dem Dorf Stommeln bei Köln, die glückliche Rettung der elf Kumpel zu feiern – und die letzte Stunde des 12. Jahrestages unserer Hochzeit am 7.November 1963.

Jetzt muss eine neue Geschichte über den Bergbau geschrieben werden. Eine traurige Geschichte. Eine Geschichte über das Ende einer Ära. Eine Geschichte über die letzte Schicht im Schacht.

Schwager Kurt, der Mann meiner Schwester Else, der nach dem Zweiten Weltkrieg als Hauer im Pütt schuftete und in den bitterkalten Wintern 1945/46/47 sein Kohlen-Deputat mit uns teilte, damit wir nicht erfrieren, war ein frühes Opfer des Zechensterbens: vorzeitig auf Rente geschickt. Steiger Erich, mein Glück-auf-Kumpel der 50er-Jahre, früh pensioniert, weil stillgelegte Kohlengruben keine Steiger mehr brauchten.

Mehr als eine halbe Million Bergleute in einst 400 Zechen zwischen Ruhr und Emscher haben in den Glanzzeiten der Steinkohlen-Förderung vom begehrten »schwarzen Gold« gelebt. Haben hart gearbeitet, haben gut verdient.

Jetzt gibt es im Revier keine Zeche mehr. Prosper-Haniel in Bottrop, die letzte, machte 2018 dicht.

Das alte Volkslied »Glück auf, Glück auf, der Steiger kommt …« wird bleiben. Auf Erinnerungs-Feiern.

Der Steiger kommt nicht mehr.

Die erste Wahlnacht

6000 Meilen Hochspannung
zwischen blau und rot

Wahlabende, die hatte ich seit Gründung der Bundesrepublik Deutschland 1949 immer miterlebt, immer sonntags. Zunächst noch am Radio, dann in den 50ern, als das Fernsehen laufen lernte, schwarzweiß am Bildschirm, und in den 70er Jahren in Farbe. Zwei Programme, öffentlich-rechtlich, die sich, konkurrenzmäßig, nicht weh taten, bis in den späten 80ern die privaten Sendekanäle das »Pantoffel-Kintopp« aufmischten.

Die Kanzler, die das Rennen am Wahlabend machten, habe ich bis heute alle drauf. Von »A« wie Adenauer, der das darbende Land zielstrebig an den Westen kettete, »E« wie Erhard, den dicken Mister Wirtschaftswunder, »K« wie Kiesinger, den mit der Silberlocke.

Dann »B« wie Brandt, endlich Aufatmen und neuer Aufbruch (»mehr Demokratie wagen«), Regierungswechsel zur SPD-FDP-Koalition und mutiges Aufbrechen der erstarrten Politik Richtung Ost. »S« wie Schmidt, »Schmidt-Schnauze«, der später als Staatsmann und Welterklärer höchsten Respekt genießt.

Mit »K« wie Kohl eine Endlos-Schleife (16 Jahre CDU-Kanzler!), 1989 Mauerfall, 1990 das Geschenk der deutschen Einheit und noch einmal ein Kohl-Sieg. Doch weil Wechsel zur Demokratie gehört, schafft »S« wie Schröder das Rennen.

Dann »M«, Angela Merkel, das »Mädchen« aus dem Osten, die erste Kanzlerin. Bis 2021 – und vielleicht doch länger wegen der Korona-Folgen?

Alle Bundestags-Wahlen folgen einer strengen Regel: Sonntagabend Punkt 18 Uhr schließen die Wahllokale. Punkt 18 Uhr die Prognose von ARD und ZDF, das vorläufige Wahlergebnis.

Nach ein paar Minuten ist die Spannung raus. Die Hochrechnungen in den folgenden Abendstunden sind sehr nah dran am Endergebnis.

Ganz anders in den USA. Da ist der Dienstag der traditionale Wahltag. Schon seit dem 18. Jahrhundert, eingeführt vom ersten US-Präsidenten George Washington (1789 – 1797). Damals musste im November bis Samstag die Ernte eingefahren sein, am Sonntag hatten die gottesfürchtigen Amerikaner in die Kirche zu gehen, am Montag war Reisetag, mit Ross und Kutsche, damit alle am Dienstag rechtzeitig zur Wahl da waren.

Für Wahlen in den USA interessierte ich mich schon früh. Präsident John F. Kennedy, 1963 in Dallas/Texas ermordet, war für den jungen Journalisten der Hoffnungsträger der Welt, mit seiner schönen Frau Jackie ein ideales Glamour-Paar für jede Story.

Mit Richard Nixon (1974, Watergate-Skandal) zeigte die Politik ihre hässliche Fratze. Ronald Reagan (1981 – 1989), der ehemalige Hollywood-Schauspieler, rief an der Berliner Mauer, unvergessen: »Mister Gorbatschow, open this gate!«

George Bush (1989 – 1993) unterstützte tatkräftig den schwierigen Prozess der deutschen Einheit. Acht Jahre lang regierte Bill Clinton (1993 –2001), seine Frau Hillary hielt bei ihm aus trotz seiner aufgedeckten Weiber-Affären. Dann George W. Busch (2001 – 2009), der nach 9/11 in New York mit Kriegen die Weltordnung veränderte.

Und 2009 endlich wieder ein Hoffnungsträger, ein begnadeter Redner, der erste farbige Präsident: Barack Obama. Seine Amtszeit endet im Januar 2017, eine weitere Wiederwahl verbietet die amerikanische Verfassung.

Ich liebe Amerika. Ruth und ich hatten dort Freunde, waren ein paar Mal »drüben«. Corinna hat ein Jahr in Indiana studiert, Julian machte Ferien bei Sol und Jo in Lafayette, auch Feline war im Sommer 2016 in Los Angeles.

Wahlkämpfe in USA habe ich nie live erlebt. Da wegen der Zeitverschiebung die ersten Ergebnisse der Wahl erst tief in der Nacht anlaufen, lag ich bisher im Tiefschlaf und schaltete erst morgens Radio oder Fernsehen ein.

Diesmal wollte ich dabei sein. Live. Meine erste Wahl-Nacht wollte ich hellwach erleben.

Dienstag, 8. November 2016. Tagsüber die letzten Berichte über den unappetitlichsten Wahlkampf der neueren Zeit. Clinton versus Trump. Hillary Clinton, Ex-Außenministerin in Obamas erster Amtszeit, erfahrener Polit-Profi, will die erste Präsidentin der Vereinigten Staaten von Amerika werden. Donald Trump, politisch unerfahren, milliardenschwerer Immobilien-Mogul, will das Land verändern. Amerika wieder stark machen, greater, America first.

Hillary Clinton: ehrgeizig, kühl, nicht emotional, Donald Trump: Oh Amerika, was tut ihr uns da an? Ein Großmaul, ein Egomane, ein Entertainer (hatte eine TV-Show), will gegen illegale Einwanderer eine Mauer bauen, Muslime rauswerfen, die NATO enteiern, den freien Handel drosseln. Und er beleidigt Frauen.

Die Medien und die Demoskopen, die Stimmungen im Land Tag für Tag testen, sind sich einig: Der Mann der Schlagworte und Versprechungen hat zwar viel Zustimmung bei den Millionen Ausgegrenzten und Vernachlässigten, die »change«, Wechsel fordern, »die da oben in Washington« zum Teufel jagen wollen. Aber: Hillary ist, auch wenn sie kein Sympathie-Träger ist, die bessere Wahl. Besser fürs Land.

Optimismus, wenn auch gedämpft: Es wird knapp, sehr knapp. Aber es wird schon reichen.

Die Nacht der Entscheidungen.

Der Stand Mittwoch, zwei Uhr morgens deutscher Zeit, an der Ostküste Amerikas noch Dienstag, sechs Stunden früher, in Kalifornien sogar neun Stunden früher. Ein Riesen-Kontinent, 6000 Meilen von der Ost- zur Westküste.

Ich bin gewappnet mit zwei Fernsehern, PC für SPIEGEL online und BILD online, die Wahlergebnisse mit Karten und Fotos live senden, zappe ARD, ZDF, n-tv, Phoenix, die live dabei sind.

Ich will wissen, wie die einzelnen 51 Bundesstaaten abschneiden. Viele der Staaten habe ich bei unseren Amerika-Reisen ein bisschen kennengelernt.

Die Landkarte wird alle paar Minuten eingeblendet und aktualisiert. Roter Bundesstaat republikanisch, blauer Bundesstaat demokratisch.

Die ersten Hochrechnungen: Trump liegt vorn, also rot, in West-Virginia, Kentucky, Indiana. Ach, unser Indiana! Wo Corinna studiert hat, in Bloomington, wo Jo und Sol leben, in Lafayette, wo wir die jüdische Hochzeit mit ihrem Sohn Kevin gefeiert haben.

Und Virginia: Da saßen wir in Charlottesville hoch oben in der »wilderness« vor Flachmeyers Haus am Grillfeuer und Johnny briet faustgroße Steaks. Im Bach badeten wir, als wir Schlangen im Wasser entdeckten und eiligst flüchteten. Nachts schepperten die Mülleimer – Waschbären hatten Hunger … Virginia blau. Danke, Hillary.

Um zwei Uhr viel blau für Clinton: Massachusetts, Delaware, Maryland. Indian Summer mit Ruth. Bei Boston, in einer klapprigen Fischbude, Hummer frisch gefangen. Mein erster Lobster. Ruth aß Rührei … Vermont ist auch blau. Oklahoma rot. Alabama rot.

Um drei Uhr erobert Trump Texas, Clinton New York. Zwischenzählung: 97 Wahlleute blau, 84 rot.

Das Wahlsystem ist für Deutsche erklärungsbedürftig. Die Wähler geben ihre Stimme im Wahllokal oder per Briefwahl ab. Nach Auszählung der Stimmen werden pro Bundesstaat Wahlleute zugeteilt, für die kleineren Staaten nur ein paar, für die bevölkerungsstarken zweistellig. Wer die meisten Stimmen gewinnt, bekommt die Wahlleute. Ein simples System, aber in USA bewährt.

Präsident wird, wer am Ende 270 Wahlleute einsammelt. Bei insgesamt 538 Wahlleuten muss der Sieger um einen Wahlmann oder um eine Wahlfrau über dem Schwellenwert liegen. Ein einziger Wahlmann mehr, Hillary, oder eine einzige Wahlfrau mehr, das reicht zum Siegjubel!

Um halb Vier jubeln erst einmal Republikaner: Sie haben die Mehrheit der Abgeordneten im Kongress geschafft. Schlecht für Clinton, falls sie gewinnen sollte.

Der Wahl-Krimi läuft heiß.

Florida, wahlentscheidend und vor vier Jahren bei Obama sicherer »winner«, wackelt. 90 Prozent sind ausgezählt. Trump liegt mit 49 Prozent vorn, Clinton 2 Prozent drunter.

Die »New York Times« online, die blitzschnell mitrechnet, stuft ihre Prognose, dass Clinton mit 80 % Wahrscheinlichkeit siegen wird, runter auf 60 %, um 3.45 Uhr auf 55 %.

Um vier Uhr hat Trump in North Carolina und Ohio, beides wichtige und bevölkerungsstarke Bundesstaaten, die Nase vorn. Um 4.25 Uhr ist er Sieger in Ohio. Jetzt hat er 167 Wahlleute, Clinton nur 109.

Um 4.57 Uhr schlägt die Stunde der Wahrheit: Der Sonnen-Staat Florida fällt an Trump.

Das kann Clinton nicht mehr aufholen, auch wenn sie an der Westküste Boden gewinnt. Oregon wird blau. Da hat Leni gelebt, in den letzten Jahren, bevor sie in Miami ihr Haus verkaufte, um zu ihrem Sohn umzuziehen. In den Sümpfen vor Miami haben wir zusammen Krokodile gefüttert, die waren satt und wollten nichts von uns …

Kalifornien bleibt traditionell blau. Schöne Grüße an Brett (Brettschneider), der uns in seinem Haus in den Bergen von Los Angeles liebevoll mit seiner Frau Kicki verwöhnte, Swimmingpool und blauer Himmel inklusive. Und an Uwe Siemon-Netto, den Journalisten und Pastor und guten Freund aus BILD-Tagen.

Nach fünf Uhr noch Iowa an Trump, Georgia an Trump, Michigan und Wisconsin vor dem Fall (an Trump). In Wisconsins Hauptstadt Madison haben Ruth und ich Ferns Sohn Ian geschaukelt. Fern, eine unserer amerikanischen Gasttöchter in den 80er Jahren in Reinbek, hatte dort ihren Mann kennengelernt.

Gegen 7 Uhr sind 43 von 51 Staaten ausgezählt, Trump liegt vorn, bleibt vorn.

Das Spiel ist aus. Den Rest des Dramas erspare ich mir. Ich hole den Schlaf der aufregenden Wahlnacht nach.

*

Am vorläufigen Ende ist Trump Champion: mit 290 Wahl-leuten vor Clinton mit 232. Gereicht hätten 270.

Wenn man jetzt genau hinsieht, auf den aktuellen Stand der Auszählung, dann wird aus dem »winner« Donald ein »loser« Trump. Und aus der Ausgezählten Hillary eine Gekürte Clinton. Ähhh, wie das?

Gewählt haben in USA 123 Millionen von rund 250 Millionen wahlberechtigter Einwohner, also etwas mehr als die Hälfte. Die andere knappe Hälfte macht bei Wahlen seit vielen Jahren ohnehin nicht mehr mit. Auf Trump entfallen 59,6 Millionen Stimmen oder 25,5 Prozent aller 250 Millionen Wahlberechtigten – gerade mal jeder vierte.

Auf Clintons Konto kamen 59,9 Millionen Stimmen zusammen, macht 25,6 Prozent – immerhin 0,1 Prozent mehr. Hätte bei einem anderen Wahlsystem (zum Beispiel dem deutschen) genügt. Mehrheit ist Mehrheit.

Nicht in USA. Da gewinnt, wer die meisten Wahlleute auf sich vereint. 290 Trump, 232 Clinton. Hillary Clinton, die als erste Frau Amerikas Präsidentin geworden wäre, scheiterte an einem veralteten Wahlsystem.

God bless America.

*

Präsidentenwahl 2020, am traditionellen Dienstag 7. November. Noch einmal Donald Trump, 74, der Republikaner, der die Nation seit Jahren spaltet und die westliche Welt verwirrt? Oder Herausforderer Joe Biden, 78, unter Barack Obama Vize-Präsident und erfahrener Polit-Profi der Demokraten in Washington?

Ich habe in meiner Story den Wahltag 2016 und das Wahlsystem in den USA beschrieben, wie der Dienstag und die Nacht zum Mittwoch in den 51 Bundesstaaten der USA verlief.

Darum hier nur die Ergebnisse: Sieben Millionen Stimmen mehr für Biden, der 306 Wahlmänner gewinnt; Trump kommt nur auf 232.

Trump fühlt sich trotzdem als Sieger, hält die Wahl für Betrug. Er ruft die Gerichte der Bundesstaaten an, verliert und twittert weiter als »betrogener Gewinner«. Die zuständigen Behörden sprechen von der sichersten Wahl in der Geschichte der USA. Selbst Trumps treuester Justizminister William Barr sagt, es gebe keine Beweise für Betrug.

Tatsache ist, auch Trump hat Stimmen gewonnen, 73 Millionen haben ihn gewählt, aber 80 Millionen gehen an Biden; die Wahlbeteiligung war ungewöhnlich hoch. Ein gespaltetes Land ...

Die Landkarte der USA zeigt blau (demokratisch) an der Westküste und der Nordostküste. Die Mitte ist rot (republikanisch). In den Städten legten die Demokraten stärker zu, auf dem Land holte Trump mehr als bei der Wahl vor vier Jahren.

Bis zum Finale ist noch manches unappetitliche Zwischenspiel zu befürchten. Aber: Am 20. Januar 2021 um 12 Uhr Ortszeit (18 Uhr MEZ) ist traditionell seit 1937 Amtseinführung des neuen Präsidenten und mächtigsten Politikers der Welt. Am 20. Januar werden Joe Biden und seine farbige Vize-Präsidentin Kamala Harris, 56, den Amtseid sprechen und den Menschen versprechen, die Nation in eine bessere Zukunft zu führen.

Und für Mr. Trump »it's over«.

Die erste Dialyse

Du hast nur die eine Chance:
vier Stunden Blutwäsche …

Der Anruf kam um 12 Uhr Mittag …

Stop!

Das hatten wir schon mal. Wörtlich genau. Aufgeschrieben im Herbst 2017, als Dr. Aydin, der leitende Kardiologe des Reinbeker Krankenhauses, mich unmissverständlich um zwölf Uhr mittags am Telefon aufforderte, in die Klinik zu kommen – »möglichst sofort«, er organisiere ein Zimmer … Das Herz, Luftmangel, Kreislauf.

Dann war ein paar Tage später der Herzschrittmacher bei mir fällig. Seither keine Klage, das kleine 5-Mark-große Ding links unterm Schlüsselbein macht seit zwei Jahren einen guten Job.

Und jetzt wieder 12 Uhr Mittag. Wieder der Kardiologe Dr. Aydin. Eine Pythia im weißen Kittel? Des Doktors Orakel heißt: »Ich vermute eine versteckte Lungenentzündung. Wir müssen das in der Klinik überprüfen.« Ab frühem Nachmittag bin ich Patient auf Station 9 im Adolf-Stift.

Ich liege im Zweier-Bett, Einzelzimmer sind nicht frei. Ich bin durch die Nase mit Sauerstoff verbunden, werde zwischendurch zum Röntgen gefahren, beantworte brav die Fragen der jungen Assistenten-Ärzte.

Das erste Ergebnis: »Sie haben sehr viel Wasser in der Lunge.«

Aha, daher der Luftmangel. Der ist so schlimm, dass mir schon bei ein paar Treppenstufen nach oben die Puste ausbleibt! Also raus mit dem überflüssigen Wasser im Körper und dann ist alles gut, denkst du mit deinem Laien-Verstand.

Ist doch komplizierter – und weh tut es auch. Es muss punktiert werden. Kanüle im Rücken platziert, dann läuft, mit Assistenz des Arztes, Wasser ab – insgesamt an drei Tagen mehr als drei Liter.

»Geht es jetzt besser mit der Luft?«

»Eindeutig. Ich kann wieder durchatmen!« Am Sauerstoff-Schlauch hänge ich nur noch ab und zu. Tröste sogar meinen Bett-Nachbarn, einen pensionierten Pastor, der Angst um sein angeknacktes Herz hat und schwer atmet. Ich dagegen bin guter Hoffnung, in ein paar Tagen wieder zu Hause zu sein.

Denkste!

Das viele Wasser in der Lunge! Wo kommt das her? Liegt es vielleicht doch an den Nieren? Machen die jetzt schlapp?

Seit ein paar Jahren muss ich in regelmäßigen Abständen zur Kontrolle zum Nephrologen im Reinbeker Nieren-Zentrum. Die Laborwerte, insbesondere Creatinin und Harnstoff, stiegen langsam, aber sicher. Chronische Niereninsuffizienz, steht in meinen Labor-Papieren. Klar, dass die Nieren »sauer« sind, wenn der Blutdruck immer zu hoch ist, der Blutzucker (Diabetes mellitus) steigt – beides reichlich bei mir im Angebot! –– und das Rauchen päckchenweise Hirn und Herz umnebelt.

Das zumindest lässt sich ändern. Wird geändert. Nach mehr als siebzig (!) Raucher-Jahren und Milliarden genussvoller Lungen-züge verschwindet die geliebte Dunhill auf Hoffentlich-Nimmer-Wiedersehen im Schrank. Von einer zur anderen Stunde! War gar nicht so schwer, weil im Krankenhaus nicht geraucht werden darf. Und danach wollte ich nicht mehr …

Mein Nephrologe schlug vor: »Die Nieren müssen entwässert werden.« Nach ein paar Wochen Dialyse würde es mir bedeutend besser gehen, ich hätte mehr Luft, machte er mir Mut.

Im Krankenhaus gibt es eine Dialyse-Station. Die arbeitet eng zusammen mit dem Nieren-Zentrum für ambulante Patienten in Reinbek.

»Wir fangen mit ein paar Behandlungen im Krankenhaus an, danach können Sie nach Hause und Sie kommen dreimal die Woche zur Dialyse ins Zentrum am Täby-Platz. Das ist ganz in der Nähe Ihrer Wohnung.«

Du ahnst, da kommt was auf dich zu, was deinen Alltag, dein Leben einschneidend verändern kann. Was ist, wenn aus der vorübergehenden Dialyse ein Dauerzustand wird, eine Dialyse auf Lebenszeit? Eine Garantie auf Heilung hat der Arzt nicht auf seinem Rezeptblock.

Und was passiert, wenn du die Dialyse ablehnst?

Das bedeutet: Die Giftstoffe, die die kranken Nieren nicht mehr verarbeiten, werden den ganzen Körper vergiften. Langsam, aber sicher.

Es gibt nur eine Chance, bei schwerer Niereninsuffizienz zu überleben: eine Dialyse-Behandlung. Im Klartext: eine »Blutwäsche«. Meine Diagnose lautete: chronische Niereninsuffizienz Stadium 4. In Deutschland hängen etwa 75.000 Menschen an der lebensrettenden »Blutwäsche«. Zwei Millionen sind mehr oder weniger nierenkrank.

Das bedeutet: dreimal die Woche an mindestens jeweils vier Stunden wird dein eigenes Blut ausgetauscht, werden Giftstoffe und überschüssiges Körperwasser »rausgespült« und gereinigt. Das saubere Blut fließt in den Kreislauf deines Körpers zurück.

Das bedeutet: Du liegst im Bett oder hängst in einem Sessel während dieser vier Stunden. Du bist verkabelt mit zwei schmalen durchsichtigen Plastik-Schläuchen. Auf der einen Seite mit der »Waschmaschine«, die in etwa so groß ist wie der Geschirrspüler in der Küche zu Hause. Auf der anderen Seite stecken zwei Schläuche, durch die mein Blut durch die Dialyse-Maschine und meinen Körper läuft, in einem Katheder, der unterm rechten Schlüsselbein eingepflanzt ist.

Vier kluge Weißkittel auf Station 9, Zimmer 7, beraten mit dem überforderten Patienten, die ihm eine Alternative abfordern, die er nicht hat: sagst du nein, bist du mit Sicherheit demnächst auf jenen Zeitungsseiten, auf denen die schwarz umrandeten Anzeigen stehen. Sagst du ja zur Dialyse, hast du noch die Chance herauszufinden, ob sich das Sprichwort bewahrheitet, dass die Hoffnung nicht stirbt …

Du sagst JA.

Das Ja hat Folgen. Zunächst eine Operation: Der Katheder im

rechten Schlüsselbein (im linken sitzt der Herzschrittmacher) muss implantiert werden. Erst jetzt kann der Blutstrom zwischen »Waschmaschine« und meinem Körper laufen. »Zunächst noch sanft«, sagt der Arzt, »nach ein paar Tagen volles Programm, vier Stunden.«

Und das Ja hat Nebenwirkungen: Übelkeit, Erbrechen und – besonders schlimm – Durchfall.

Und der hält sich zäh – und schmerzhaft. Mein Bauch fühlt sich an wie eine Buschtrommel, die jeden Augenblick platzen kann! In der Endeskopie wird mein Darm sechsmal durchgespült, das schafft Erleichterung. Aber es dauert volle drei Wochen, bis der Darm endlich zur Ruhe gekommen ist, bis offenbar verfeindete Keime ihren Kampf gegen mich aufgegeben haben. Mein Zimmer – inzwischen ein Einzel – ist inzwischen Quarantänestation, Besucher dürfen nur mit Schutzkleidung und Mundschutz rein. Ich darf nicht raus. Nur auf den Balkon, wo ich abends eine gesangsfrohe Drossel vorm blühenden Baum gegenüber beim Tirilieren pfeifend begleite …

Die »Blutwäsche« lief davon unberührt weiter, dreimal die Woche, jeweils vier Stunden.

Nach 34 Tagen Klinik Entlassung nach Hause. Keine Reha, keine Pause. Das Nieren-Zentrum hat bereits ein Bett für mich reserviert. Montags, mittwochs, freitags. Wenigstens in der Nähe, ein paar Taxi-Minuten entfernt.

Ab 2. Mai 2019 (…«der Mai ist gekommen, die Bäume schlagen aus«) läuft ein neuer Abschnitt meines Lebens an.

Die Dialyse wurde in einem ehemaligen Gutshaus eingerichtet, über drei Etagen. Im Erdgeschoss Ärzte- und Untersuchungszimmer, darüber zwei Großräume. Bett neben Bett, pro Stockwerk etwa zwei Dutzend, jeweils abgetrennt durch eine Blutwäsche-Maschine.

Eine Vormittag-, eine Nachmittag-Schicht. Kein Mangel an Personal, die meisten Schwestern sprechen Deutsch mit Akzent. Sie betreuen den Maschinenpark, führen Kontroll-Listen, verkabeln und entkabeln die Patienten, messen Gewicht vor und nach der Behandlung und stündlich Blutdruck. Ein Arzt kommt zur Visite von Bett zu Bett.

Es ist still im Großraum. Hier und wieder jault eine Maschine auf, selten ruft ein Patient. Die meisten schlafen, dösen, lesen. Oder sehen fern, mit Kopfhörer. Große Bildschirme an den Wänden über den Betten oder den wenigen Sesseln. Es gibt zum Frühstück oder nachmittags ein Brötchen mit Kaffee, Tee oder Wasser. Eine Assistentin fragt jeden Patienten nach Wünschen, schreibt Rezepte für Medikamente, kontrolliert die Medikamentenliste.

Die ersten Monate gehöre ich zur Frühschicht, morgens um sieben bringt die Taxe mich zum Nieren-Zentrum. Andere kommen mit Rettungswagen, mit Rollstühlen, mit Rollatoren – wenige zu Fuß. Die meisten Patienten sind alt, sehr alt, manche sehr gebrechlich. Mehr Frauen als Männer.

Mit der Zeit kennt man die Gesichter links und rechts der Betten. Lächelt sich zu, murmelt den am nächsten Liegenden ein »guten Morgen« zu.

Manchmal sieht man ein Gesicht nicht mehr. Tagelang nicht. Überhaupt nicht mehr. Dann taucht ein neues Gesicht auf. Ein neuer Patient …

Es hat zäher Gespräche bedurft, bis ich im späten Herbst aus dem Großraum in eine Drei-Mann-Kammer umziehen und in die Mittag-Schicht von 15 bis 19 Uhr wechseln konnte, vom Bett in einen nicht sonderlich bequemen Sessel. Gesprächig sind wir drei Männer nicht gerade … Ich habe Fernsehen, privates iPad, iPhone mit Podcasts, Ton auf beiden Ohren; ich versuche zu lesen, bis die Augen müde werden.

Vier Stunden Blutwäsche sind eine verdammt lange Zeit. Der Blutaustausch ist nicht schmerzhaft, wohl sichtbar: die Plastik-Schläuche zwischen Maschine und Körper sind durchsichtig und gut ein Meter lang, angenehm warm. Für den Körper ist die Blutwäsche Schwerarbeit. Ich jedenfalls bin hinterher groggy wie nach einem langen Lauf und brauche Stunden zum Erholen.

Eine Operation steht noch aus. Der Katheder im Schlüsselbein muss raus, der Blutaustausch wird künftig über einen Shunt (spricht Schand) im rechten Unterarm laufen. Der Shunt, die Verbindung zwischen Arterie (Schlagader) und Vene, ist inzwischen implantiert, aber noch nicht hundertprozentig funktionsfähig. Er muss erst vollständig ausheilen. Dann darf ich den rechten Arm nicht bewegen, damit die feinen Nadeln im Shunt während der vier Stunden des Blutkreislaufs nicht rausrutschen.

Wie es weiter geht?

Ich war schon runter auf zweimal pro Woche, montags und freitags Dialyse. Dann nahm ich an Gewicht zu, langsam stieg wieder das Wasser in der Lunge, wurde die Luft wieder knapp – und ein paar Wochen lang Rückfall auf drei Durchläufe. Mit allem was ich trinke muss ich sehr zurückhaltend sein: mehr als ein Liter darf es nicht sein. Zur Zeit läuft es wieder mit zwei Dialyse-Behandlungen pro Woche.

Mein Gewicht ist konstant, um 75 Kilo. Schwankungen bis zwei Kilo zwischen zwei Intervallen sind normal. Der Blutdruck hat sich eingependelt bei 100/120 und 50/60 – eher zu niedrig. Der Blutzucker, morgens nüchtern, um 100 – auch normal. Die Labor-Werte, monatlich gemessen, sind besser geworden, die regelmäßigen Ultraschall-Ergebnisse auch.

Trotzdem keine Entwarnung? Keine Entlassung aus der Blutwäsche? Leben auch ohne hilfreiche Roboter? Rückkehr in ein normales Leben?

Die Nephrologen im Reinbeker Nieren-Zentrum machen keine Versprechungen. Halten sich an die bittere Wahrheit der Stunde: Nach bestem Wissen und Gewissen ohne Dialyse keine Überlebens-Chance.

Noch.

Auch in der Forschung gilt der wundervolle Satz, dass die Hoffnung zuletzt stirbt. Und den haben nicht nur Dichter drauf.

Der Autor

Helmut Reinke, 1928 in Essen an der Ruhr geboren, hat Journalismus von der Pike auf gelernt. Ab Mai 1948 Zeitungs-Volontariat bei der Fränkischen Landes-Zeitung in Ansbach mit Ausbildung in allen Ressorts wie sie heute kaum noch stattfindet. Redakteur in den Lokalredaktionen in Kassel und Essen (WAZ), bei BILD in Köln und Berlin als Bürochef.

Mitte der 60er Jahre Übersiedelung in die Medien-Metropole Hamburg, wo Reinke in den Zeitschriften-Journalismus wechselt. Er arbeitet als Ressortchef für die Neue Illustrierte, wird Chefredakteur der Eltern-Zeitschrift »Es«, lenkt zehn Jahre lang die Fernsehwoche im Bauer-Verlag, gründet für Springer die Bildwoche und verabschiedet sich schließlich 1989 als Chefredakteur von HÖRZU.

Der Springer-Verlag setzte Reinke danach für den Aufbau des Pressewesens in Ungarn und der ehemaligen DDR ein. Bis zu seiner Pensionierung Ende 1994 war er Herausgeber der Rostocker Ostsee-Zeitung, des auflagenstärksten Blattes in Mecklenburg-Vorpommern.

Seither arbeitet er als Autor. Schreibt unter anderem Bücher, wobei ihm das Zusammenwachsen der Deutschen in Ost und West besonders am Herzen liegen. In seinem Taschenbuch »Das Deutschland-Quiz« erzählt er viele amüsante Geschichten aus allen 16 Bundesländern.